Tucholsky Wagner Zola Scott Sydow Freud Schlegel
Turgenev Wallace Fonatne

Twain Walther von der Vogelweide Fouqué Friedrich II. von Preußen
Weber Freiligrath Frey

Fechner Fichte Weiße Rose von Fallersleben Kant Ernst Richthofen Frommel

Fehrs Engels Fielding Hölderlin
Faber Flaubert Eichendorff Tacitus Dumas

Feuerbach Maximilian I. von Habsburg Fock Eliasberg Zweig Ebner Eschenbach
Ewald Eliot Vergil

Goethe Elisabeth von Österreich London

Mendelssohn Balzac Shakespeare Dostojewski Ganghofer
Lichtenberg Rathenau Doyle Gjellerup

Trackl Stevenson Tolstoi Hambruch
Mommsen Thoma Lenz Hanrieder Droste-Hülshoff

Dach Verne von Arnim Hägele Hauff Humboldt
Reuter Rousseau Hagen Hauptmann Gautier

Karrillon Garschin Defoe Baudelaire
Damaschke Descartes Hebbel Hegel Kussmaul Herder

Wolfram von Eschenbach Darwin Dickens Schopenhauer Rilke George
Bronner Melville Grimm Jerome Bebel Proust

Campe Horváth Aristoteles

Bismarck Vigny Barlach Voltaire Federer Herodot
Gengenbach Heine

Storm Casanova Tersteegen Gilm Grillparzer Georgy
Chamberlain Lessing Langbein Gryphius

Brentano Lafontaine

Strachwitz Claudius Schiller Kralik Iffland Sokrates
Katharina II. von Rußland Bellamy Schilling

Gerstäcker Raabe Gibbon Tschechow

Löns Hesse Hoffmann Gogol Wilde Gleim Vulpius
Luther Heym Hofmannsthal Klee Hölty Morgenstern Goedicke
Roth Heyse Klopstock Kleist

Luxemburg La Roche Puschkin Homer Mörike Musil
Machiavelli Horaz

Navarra Aurel Musset Kierkegaard Kraft Kraus
Nestroy Marie de France Lamprecht Kind Kirchhoff Hugo Moltke

Nietzsche Nansen Laotse Ipsen Liebknecht
Marx Lassalle Gorki Klett Ringelnatz

von Ossietzky May vom Stein Lawrence Leibniz Irving
Petalozzi Knigge

Platon Pückler Michelangelo Kock Kafka
Sachs Poe Liebermann Korolenko

de Sade Praetorius Mistral Zetkin

Der Verlag tradition aus Hamburg veröffentlicht in der Reihe **TREDITION CLASSICS** Werke aus mehr als zwei Jahrtausenden. Diese waren zu einem Großteil vergriffen oder nur noch antiquarisch erhältlich.

Symbolfigur für **TREDITION CLASSICS** ist Johannes Gutenberg (1400 — 1468), der Erfinder des Buchdrucks mit Metalllettern und der Druckerpresse.

Mit der Buchreihe **TREDITION CLASSICS** verfolgt tradition das Ziel, tausende Klassiker der Weltliteratur verschiedener Sprachen wieder als gedruckte Bücher aufzulegen – und das weltweit!

Die Buchreihe dient zur Bewahrung der Literatur und Förderung der Kultur. Sie trägt so dazu bei, dass viele tausend Werke nicht in Vergessenheit geraten.

Das Gespenst

Richard Nordhausen

Impressum

Autor: Richard Nordhausen

Umschlagkonzept: toepferschumann, Berlin

Verlag: tredition GmbH, Hamburg
ISBN: 978-3-8472-3799-0
Printed in Germany

I.

»Daß Sie aber nie wieder von ihm gehört haben –«

»Nein, nie wieder.« Der alte Herr starrte, wie er das sagte, nachdenklich vor sich hin, Marianne senkte das blonde Köpfchen, als wollte sie einen Zug ihres weißen Angesichtes vor dem Nachbar verbergen, aber dieser Nachbar war eben damit beschäftigt, eine neue Zigarette in Brand zu setzen und achtete nicht auf seine junge Frau.

»Was Amerika verschlingt, gibt es so leicht nicht zurück«, meinte er dann mit jener Bestimmtheit im Tone, deren man sich gern beim Urteil über Dinge bedient, wovon man nichts versteht.»Brüchige Existenzen halten sich dort schon gar nicht. Sehen Sie, Herr Lasser, mir scheint es bereits ein Unsinn, wenn gesunde, kräftige Menschen mit klingendem und moralischem Kapital, sozusagen, die Reise übers Weltmeer antreten, denn der Kampf tobt drüben noch vernichtender als hier, und die Gewinnchancen sind noch geringer. Was einem dort glückt, gelänge ihm bei uns auch – nur unter minder großen Anstrengungen. Wenn in Amerika jemand zu was kommt, so ist's allein darum, weil er gezwungen wird, aus Leibeskräften zu arbeiten und immer die Augen offen zu halten. Na ja. Was nun Ihren Neffen anbelangt –«

»Wird es nicht Zeit, nach Hause zu fahren, Papa?« fragte die junge Frau.»Es kommt mir vor, als sei es plötzlich sehr kühl geworden.«

»Einbildung! Diese kostbare Mailuft – jeder Atemzug spart 'ne halbe Badereise. Und die Bowle ist so vorzüglich!« schmunzelte Herr Konrad Lasser.»Wer weiß, Mieze, ob wir in den nächsten Wochen Zeit und Laune haben, hier draußen wieder so gemütlich beisammenzusitzen. Wenigstens Heinrich und ich werden kaum in der Stimmung sein. Nicht wahr, Martiensen?«

Der Angeredete blies den ihn umspielenden Rauch seiner Zigarette von sich, als wären's unangenehme Gedanken. Er begnügte sich damit, statt jeder Antwort die Achseln zu zucken, und füllte dann vorsichtig die Gläser von neuem.

»Du meinst wegen der Arbeiter? Soll's denn wirklich so weit kommen?« erkundigte sich Marianne etwas ängstlich.

»Es scheint doch«, meinte ihr Vater, einen tiefen Trunk tuend. »Die Kerle sind so aufsässig und so dickköpfig – wenn wir ihre Lohnforderung nicht bis Sonnabend angenommen haben, ist der Streik da. Was sagst du zu dem Ultimatum? Wir können aber nicht, partout nicht.«

»Nun können könnten wir schon,« warf der Jüngere ein. »Überhaupt, wollten Sie auf meinen Rat hören –«

»Und wenn wir's könnten, dürften wir's nicht. So'n Gesindel! Sie wollen uns das Heft aus der Hand winden, sie wollen kommandieren, für unser Geld! Die Leute würden aber von selber gar nicht daran gedacht haben – 's ist ja auch zu unverschämt! – wenn nicht wieder fremde Hetzer die Hand im Spiel hätten. Da ist so'n Polack – wie heißt er doch gleich, Herr Sozius?«

»Kowalski –«

»'n schöner Name, was? Kein Mensch kennt ihn von uns, aber die Kerle gehen für ihn durchs Feuer, die hat er ganz verrückt gemacht. 's ist ja auch nicht schwer. Und vor dem sollen wir uns bücken? Lächerlich. Es wird diesmal genau so gehen wie vor drei Jahren, als Sie gerade in die Fabrik eingetreten waren – wir treiben sie auch diesmal zu Paaren, und mit Glanz.«

»Ich denke nun weniger optimistisch«, entgegnete Martiensen. »Ja, wenn die große Order von Martens nicht wäre – aber die muß doch pünktlich geliefert werden!«

»Ach Gott, ach Gott, dann warten die Breslauer eben! Aus den Rippen können wir uns doch keine Maschinen schneiden, und bauen können wir beide doch auch keine.«

Heinrich Martiensen paffte wütender als vorhin, erwiderte aber nichts.

»Und dann stehen die Werke wieder still? Und die Leute haben nichts zu tun?« fragte die blonde junge Frau, ihren Vater mit großen, im Dämmerlicht des Gartens seltsam schimmernden Augen anblickend.

»Ja, das ist doch ihre eigene Schuld, Mieze. Wir verlieren mehr als sie. Denn neue Arbeiter kriegen, das hält schwer, gerade bei uns. Wie Pech und Schwefel klebt die Rotte zusammen, das ist 'ne Einigkeit, um die wir sie beneiden müssen. Na, Gebrüder Lasser ertragen's. Es ist der vierte Streik seit den fünfundzwanzig Jahren, da ich mit meinem Bruder selig die Bude aufmachte, und sie haben uns alle nicht ruiniert. Den ersten, Mieze, den hatten wir gerade, als deine liebe Mutter hinausgetragen werden sollte. Den zweiten legte – legte Reinhold bei. Ich erinnere mich noch deutlich, wie er ... schade um den Bengel. Sie hätten ihn kennen sollen, Martiensen. Ganz wie sein Vater, mein Bruder selig. Nur eben viel leichtsinniger, viel, viel. Aber seine Kraft und seine Augen und seine Stimme – die Kerls bebten vor ihm, und doch haben sie ihn vergöttert. Er verstand sie zu nehmen – bei all seiner Niedertracht und Rücksichtslosigkeit.«

»Niederträchtig und rücksichtslos – das war er nun eigentlich nicht, Papa«, wagte Marianne schüchtern einzuwenden.

»Was weißt du?« fuhr Lasser unwirsch auf. »Natürlich gegen dich ... hm. Ich sage dir, wenn es seine Freuden galt, sein Amüsement, dann schonte er niemanden und nichts, dann zertrat er rücksichtslos das Glück auch der Menschen, die ihm am nächsten standen, die ihn liebten, so wie ich ihn geliebt habe. Ich sage dir –« Er hielt plötzlich inne und leerte sein Glas mit einem Zug. »Laßt die Toten ruhen«, setzte er dann hinzu. »Wir wollen die Bowle austrinken und nach Hause fahren. Fräulein Minden kommt doch nicht, wahrscheinlich zu lange im Theater gewesen – und Marianne hat recht, es wird kühl.«

Der junge Mann nickte und stieß mit seiner Frau an, die ihm bleich und leise zitternd Bescheid tat. Martiensen bereute beinahe, daß er nicht rechtzeitig dem Gespräch eine andere Wendung gegeben und den Fabrikanten daran gehindert hatte, wieder von Reinhold Lasser zu sprechen. Als er vor etwa drei Jahren mit seinem jetzigen Sozius in Verbindung getreten war, hatte er sich als vorsichtiger Kaufmann eingehend über ihn und seine Verhältnisse erkundigt und natürlich auch erfahren, daß zwei Jahre vorher sein vierundzwanzigjähriger Neffe und Teilhaber, Reinhold Lasser, bei Nacht und Nebel nach Amerika geflüchtet war. Er sollte sich ungeheurer Verschwendungen und noch schlimmerer Dinge schuldig gemacht haben, die die angesehene Firma in ihren Grundfesten erschütterten. Herr Konrad Lasser schenkte damals Heinrich Martiensen reinen Wein über seine Verhältnisse ein, die keinesfalls verzweifelt lagen, vermied es aber aufs sorgfältigste, auf die familiären Verhältnisse irgendwie anzuspielen. Und dabei blieb er lange Zeit. Reinhold Lasser war für ihn und sein Haus nicht mehr vorhanden, nie vorhanden gewesen. Seit einigen Monaten erst brachte er das Gespräch immer häufiger auf den Verschollenen, schalt und beschimpfte ihn mit fast fanatischem Grimm und geriet regelmäßig in Zorn, wenn jemand Partei für den Untergegangenen ergriff. Heinrich hatte mit Marianne gelegentlich über die Eigenheit des Vaters gesprochen und sich mit ihr dahin verständigt, auf seine Stimmung Rücksicht zu nehmen, wenn möglich überhaupt allen Reinhold betreffenden Erörterungen auszuweichen. Es war ihm nicht unbekannt, daß die Dame, für die Konrad hohes Interesse zeigte, Fräulein Thessa Minden, vom Klatsch in Verbindung mit Reinhold Lasser gebracht wurde und daß man behauptete, der Neffe habe seinerzeit den Onkel ausgestochen, sich aber auch für die schöne Schauspielerin ruiniert. – Martiensen wußte sich in die Lage zu schicken und ließ, dem Schwiegervater zu Gefallen, an Reinhold Lasser kein gutes Haar, obgleich er ihn nur aus den Schilderungen des Teilhabers kannte und ihm im Grunde durchaus nicht gram zu sein vermochte. Wenigstens deuchte ihn die wahnsinnige Schwärmerei für das noch immer blendend schöne Weib, dem zuliebe Reinhold sein Vermögen vergeudet hatte und zum Wechselfälscher geworden war, ganz und gar nicht unnatürlich. Und wenn er schon, in kaufmännischer Gewissenhaftigkeit, den Verbrecher nicht freisprechen, sondern ihm eben nur mildernde Umstände zubilligen konnte, so blickte er in mancher Stunde doch mit einem merkwürdigen Gemisch von Abscheu und Bewunderung zu diesem Manne empor, der einer tollen Leidenschaft wegen alles, Reichtum, Ehre und Zukunft, in die Schanze geschlagen hatte. Er sah Reinhold in bengalischer Beleuchtung, interessierte sich für ihn wie für ein seltenes Raubtier, blieb aber, zum mindesten seinem Sozius gegenüber, immer in scharfer Opposition wider ihn. Marianne glückte es weniger, auf die unausgesprochenen Wünsche des Vaters einzugehen. Anfangs hatte sie, wie ihr Mann bemerken wollte, den immer häufiger werdenden Anspielungen des Vaters auf Reinhold verwunderte Gleichgültigkeit entgegengesetzt, dann aber an der Unterhaltung eifrig teilgenommen und mit immer steigender Leidenschaftlichkeit für ihn gesprochen. Sie wußte, wie bitter sie den Vater damit kränkte, wußte, daß sie ihm damit die gute Laune von Grund aus verdarb, aber so oft sie es auch sich selbst und ihrem Manne versprach, kluge Rücksicht walten zu lassen, es gelang ihr immer weniger. Martiensen stand einigermaßen ratlos und einigermaßen belustigt zwischen den beiden. Er wußte sich Lassers Eifersucht auf einen Abwesenden zwar zu erklären, aber sie schien ihm doch ungemein abgeschmackt; für Mariannens Verhalten wußte er überhaupt keinen vernünftigen Grund.

Eine dämonische Macht schien in das stille, friedliche Haus gedrungen zu sein und nun die Herzen der Bewohner zu vergiften. Zu allem Glück war Heinrichs Beobachtungsgabe überaus gering, sonst würde ihm das veränderte Wesen seiner Frau weit mehr aufgefallen sein als die lärmenden Launen seines Schwiegervaters. So aber begnügte er sich damit, sein junges Weib gelegentlich mit ihrem Vetter zu hänseln, den Hauptstrom dessen, was er Witz nannte, aber in ihrer Gegenwart über Lasser selbst zu ergießen. Und weil er bemerkte, daß ihr dies Vergnügen bereitete, scherzte er sehr oft auf Kosten seines Schwiegervaters, und es fiel ihm gar nicht ein, daß Mariannens herzliches, für ihn so schmeichelhaftes Gelächter eigentlich recht unkindlich war und daß sich dahinter vielleicht nicht Wohlgefallen über seine Späße, sondern unbewußter, wachsender Haß wider den Vater verbarg ...

Der schmucke Landauer rollte mit seinen drei Insassen durch die laubüberwölbten Gänge des Tiergartens. Durchs Gezweig blinkten die Sterne, die Lichter der Wagenlaternen spielten über den Weg, sonst lag dichte Finsternis ringsum. Lasser war tief in Gedanken versunken, achtlos hielt er die erloschene Zigarre in der Hand, und Marianne gab auf die Fragen ihres Mannes nur einsilbige, zerstreute Antworten. So lind und so erfrischend die Abendluft durchs Geäst lief, so milde würziger Lenzduft aus dem Grase aufstieg, gleich dem diskreten Parfüm einer schönen Frau, über den dreien lag die schwüle Atmosphäre einer Gewitternacht. Als er all' seine Versuche, eine zwanglose Unterhaltung anzuknüpfen, scheitern sah, schwieg auch Heinrich. Es fehlte nicht an Sorgen, denen er nachgrübeln konnte; er blickte dem kommenden Streik aus zwingenden

Gründen mit Grauen entgegen und war entschlossen, alles aufzubieten, um ihn zu hintertreiben. – Ein Seufzer der Erleichterung entstieg seiner Brust, als endlich die Laternen der Tiergartenstraße näher kamen, dann elektrisches Licht der Kaffeehäuser am Leipziger Platz herüberflutete.»Wir fahren am besten gleich nach Hause?« fragte er.

»Gewiß – was sonst?««

»Ihr seid heute beide so seltsam – ich versteh euch nicht«, rief Heinrich, endlich seiner Verwunderung Ausdruck gebend.»Wahrhaftig, es ist zum Lachen, aber drinnen im Tiergarten wurd' es mir für einen Augenblick fast unheimlich in eurer Gesellschaft. Es war gerade, als ob ein vierter mit uns führe – ein Fremder, und als ob ihr Angst davor hattet, in seiner Gegenwart zu sprechen.«

Lasser schwieg noch immer, und Marianne lachte etwas gezwungen.»Du wirst ja ordentlich phantasiereich auf deine alten Tage«, bemerkte sie leichthin.»So viel Geist hättest du vorhin entwickeln sollen, dann wäre sicher eine etwas lebhaftere Unterhaltung in Gang gekommen. Aber so seid ihr Männer – immer alles zur unrechten Zeit, und Geschenke immer am falschen Ort.«

Der Wagen war in die Leipziger Straße eingefahren, die im fahlen Schimmer der Gaslaternen recht ungewohnt geheimnisvoll aussah und ganz unberlinisch still dalag. Plötzlich hielt der Kutscher die beiden prächtigen Pferde zu gemächlichem Trott an und bog energisch nach rechts. Nur wenige Meter von ihnen entfernt war ein Arbeitertrupp damit beschäftigt, das Asphaltpflaster aufzureißen und irgend eine Reparatur vorzunehmen, die im hochflutenden Tagesverkehr nicht auszuführen war. Flackernde, mächtige Gasflammen, die aus kurzen, in die Erde gebohrten Rohren frei emporschlugen, beleuchteten phantastisch die Gruppe der eifrig ihre Hacken schwingenden Männer.

Heinrich griff großmütig in die Tasche und winkte dem Kutscher, noch langsamer zu fahren, dann beugte er sich aus dem Wagen hinaus, klopfte dem Nächststehenden jovial auf die Schulter und ließ ein Silberstück auf den Damm fallen.»Da, guter Freund, trinken Sie ein Glas Bier!« Er liebte sich in seiner Arbeiterfreundschaft, auf die er große Stücke hielt, dergleichen mildtätige Überraschungen und weidete sich gern an den verblüfft dankbaren Mienen der

Beschenkten. Der Mann vor ihm im zerlumpten, groben Kittel wandte sich, mit dem Aufhacken des harten Zementgrundes eine Weile inne haltend, herum und griff an seine löcherige Mütze.

Im selben Augenblick schrie Marianne, wie vom Blitzstrahl getroffen, laut auf, so daß Lasser, der müde und gelangweilt, mit geschlossenen Augen, dagelegen hatte, sich heftig erschreckt über sie beugte, während der Kutscher ganz verwirrt auf die mutigen Tiere einhieb, daß sie in Karriere davonrasten. Heinrich umfaßte die schlanke Hüfte seiner Frau und drückte sie an sich:»Was hast du, Kind? Du siehst ja entsetzlich aus!« In der Tat war jeder Blutstropfen aus Mariannens Gesicht gewichen, ihre Mienen waren verzerrt, ihre dunklen Augen leuchteten aus dem bleichen Antlitz mit unheimlichem Feuer hervor und schienen noch großer als sonst; ihr Leib bebte wie im Fieber. Sie starrte selbstvergessen in die Weite, zu den Arbeitern am Gasfeuer zurück, deren Umrisse in der Dunkelheit rasch verschwammen. Sie hörte nicht die besorgten Fragen und Bitten ihrer Angehörigen.

»Es – es war nichts«, stieß sie endlich krampfhaft lächelnd hervor. »Ich habe euch wohl sehr erschreckt – aber mir wurde mit einem Mal so elend ... so elend ... Laßt mich jetzt – ich weiß nicht, ich bin sehr müde –.«

»Wir werden sofort den Arzt holen lassen, wenn wir zu Hause sind!« sagte Heinrich ängstlich.»Das ist ja ein Unglückstag heute, weiß Gott –«

»Ach Unsinn – ich brauche keinen Arzt!« wehrte Marianne, sich aufraffend, ab.»Es geht schon vorüber. Es war eine Schwäche – von der Hitze heut', und bei dem Dunst in der Straße –«

»Natürlich!« pflichtete ihr der Vater eifrig bei.»Jungverheirateten Dämchen passiert so 'was leicht. Das kennt man schon.« Und er schmunzelte, wobei er Heinrich von der Seite ansah:»Mensch, sei helle!« Der erwiderte nichts, um seiner Frau ein Erröten zu ersparen, schien aber sofort merkwürdig beruhigt und erschöpfte sich in zarten Liebenswürdigkeiten gegen Marianne, bis man daheim angelangt war.

Fast ohne Abschied zu nehmen, zog sich die junge Frau auf ihr Zimmer zurück, dessen Tür sie hinter sich verriegelte. Es war dunkel im Gemache, und durch die offenen Fenster, die auf den Garten hinausgingen, strich balsamische Frühlingsluft. Sie achtete es nicht. Sie löste das Haar, ihrem schmerzenden Haupte Erleichterung zu schaffen, und stützte die Stirn, dahinter es wild hämmerte und pochte, in die kalten Hände. Und dann weinte sie leise vor sich hin. Weinte um unwiederbringlich verlorenes Glück, um einen Blütenlenz, den das Schicksal in der Knospe gebrochen hatte, um ihre Jugend, die sie sich einst so ganz anders ausgemalt und um die man sie betrogen hatte. Sie wußte ja, damals wie heute, daß er nach all dem wüsten Gebraus, nach all dem tollen Treiben im Strudel des Lotterlebens, nach tausend an frech geschminkte Dirnen verschwendeten Küssen zu ihr zurückkehren würde. Daß es nur ein Wahn gewesen war, der seine Sinne umfangen hielt, ein Taumel, daran sein Herz unbeteiligt geblieben war, sein Herz, das ihr gehörte in alle Ewigkeit. Daß ihn eine Teufelsschönheit ihr zwar auf Monate abwendig gemacht und ihn zugrunde gerichtet hatte, daß aber die alte Liebe noch in seiner Seele blühen mußte wie in der ihrigen.

Nun war er gekommen. Verwildert und zerlumpt, der Ärmsten einer, in der Pfütze des Elends versunken, in harter Arbeit um sein täglich Brot noch in sinkender Nacht ringend und Bettelgroschen von dem nehmend, der so tief unter ihm stand, ihm so wenig glich. Reinhold Lasser, der Liebling des Glückes, der prächtige Junge, dem jeder eine Zukunft voll unerhörtem Glanz prophezeit hatte, der Gewaltiges leistete in allen Dingen, womit er sich beschäftigte, der sogar Verse zu schreiben verstand ... O, sie bewahrte all' seine Verse noch heute auf. Und sie vergegenwärtigte sich seine geliebte Gestalt und sein Lächeln, mit dem er aller Menschen Herzen bezwang und sich geneigt machte; an seine wilde Kraft dachte sie und die überschäumende Lebensfreude, die aus seinen Augen und seinen Worten sprühte ...

Niemals hatte das harte Urteil der Welt über den Geflüchteten sie auch nur eine Sekunde lang wankend gemacht. Zwar seine Treulosigkeit verwundete sie tief, und damals, als er der schönen Thessa Minden zu Füßen lag und sie ganz vergessen zu haben schien, damals waren wohl Stunden gekommen, wo sie neben der koketten Schauspielerin auch ihn haßte. Als sich dann aber die fürchterlichen Szenen zwischen ihm und dem Vater abspielten und Reinhold, durch den Hohn und die Brutalität des Oheims gereizt, an Thessa festhielt, wie ein Rasender sein Hab und Gut verschwendete und zuletzt den Sprung in den Abgrund tat, da hatte sie seine Partei ergriffen. Trotz alledem. Und sie beneidete die verabscheute Nebenbuhlerin, die ihr ihr Teuerstes gestohlen hatte, um so viel Liebe und Ergebenheit, immer in der geheimen Hoffnung, selbst wieder dieser Liebe und Ergebenheit teilhaftig zu werden, und sie sah in dem häßlichen Verbrechen Reinholds nichts als einen Beweis dafür, wessen er fähig war für die, denen sein Herz gehörte. Arbeit, Pflicht und Ehre – alles vergaß er über seiner Liebe, alles opferte er ihr ... Reinhold blieb der Held der Träume und Wünsche Mariannens.

Ehe er, von Lasser noch reich mit Geld unterstützt, die verhängnisvolle Reise über den Ozean antrat, hatte er von ihr Abschied genommen. Er war einigermaßen befangen, denn er wußte, daß ihr sein Tun und Treiben kein Geheimnis geblieben war; sie selbst aber hielt es unter ihrer Mädchenwürde, zu verraten, wie sehr sie den Ungetreuen liebte, wie gern sie ihm noch in dieser Stunde um den Hals gefallen wäre ... Hätte sie damals doch diesem Triebe nachgegeben, alles wäre anders gekommen. Doch sie bezwang sich. Sie glaubte auch, seine Abwesenheit würde nicht von langer Dauer sein. Und sie lauschte mit verhaltenem Atem seinen kühlen, verständigen Abschiedsworten. Er erwähnte mit keiner Silbe, was sie sich beide vor nicht zu langer Zeit, ehe er sich so unselig verblenden ließ, gewesen, er sprach auch nicht von Thessa, zeigte keinerlei Reue, keine sentimentalen Empfindungen. Und dieser sein Trotz imponierte ihr unsagbar. So und nicht anders liebte sie den Stolzen, Unbeugsamen.

Sie hatte ja eigentlich gedacht, er würde ihre Knie umfassen und bitterlich weinen, wie die Heineschen Männer, und dann würde sie ihn mild verzeihend aufrichten und mit ihm in die Ferne ziehen. Aber seine Männlichkeit hätte dadurch doch Einbuße in ihren Augen erlitten. Wenigstens überredete sie sich dahin, als er gegangen war. Er mochte eben tun und lassen, was er wollte – Mariannen gefiel es immer, und sie ordnete ihre Gefühle den seinigen bedingungslos unter. Andere hätten vielleicht gemeine Herzenskälte darin erblickt, wie er dem unglücklichen Kinde, dem doch der Abschiedsjammer und die heiße unzerstörbare Liebe aus den großen Augen leuchtete, jeden Trost versagte; sie fand es heroisch. Andere hätten vielleicht den Ton stolzer, siegessicherer Überlegenheit, den er anschlug und mit dem er ihr seine Zukunftspläne schilderte, lächerlich genannt und den Wechselfälscher, den haltlos gewordenen Lebebengel an seine schmachvolle Lage erinnert; Mariannen war jedes Wort eine Offenbarung, von der sie jahrelang zehren konnte. Und als er dann ging, zu schnell, zu eilfertig, und ihre Augen voll Tränen standen, die sich nicht mehr zurückdrängen ließen, da hätte es nur einer Bewegung des Gewaltigen bedurft, und die Demütige, die Keusche hätte ihm im Überschwang ihrer Leidenschaft alles gegeben ... alles ... Er verschmähte es. Und auch das rechnete sie ihm, der in seiner Mädchenjägerei sonst gar nicht wählerisch war, überaus hoch an, auch darin erblickte sie einen Beweis seines Edelmutes, seiner Selbstüberwindung. Sie liebte ihn dafür nur um so mehr.

Und dann schlichen die Jahre langsam vorüber. Keine Kunde von Reinhold drang in die Heimat; er war verschollen. Sein Name war im Hause verpönt, aber dafür baute ihm Marianne Altäre. Sie idealisierte ihn immer mehr, daß er endlich über Menschengröße hinauswuchs. Sie kam sich ihm gegenüber immer kleiner und unbedeutender vor. Wenn er einmal aus Amerika zurückkehren sollte, würde er's, davon war sie überzeugt, nur als Nabob, als hervorragender Staatsmann, genialer Erfinder tun. Ihr würde er verloren sein, ganz gewiß. So bitter diese Erkenntnis sie anfangs schmerzte und so viel sie darüber in ihre Kissen hineinweinte, endlich fand sie sich auch in diese neue Stellung zu ihrem Heiligen. Heinrich Martiensen hatte es nun leichter, ihr Jawort zu erringen. Freilich bedurfte es noch schwerer Kämpfe vorher.

Und nun war Reinhold heimgekehrt. Unvermutet, überraschend, so ganz anders, als sie immer mit Zuversicht erwartet hatte. Noch schwindelte ihr der Kopf, noch vermochte sie sich die Folgen dieser Begegnung nicht entfernt klar zu machen. Über den Haufen gerissen, vom jähen Wettersturm vernichtet war ja alles, was sie sich im Laufe dieser Jahre mühsam ersonnen und erbaut hatte. An eine solche Möglichkeit hatte sie nie auch nur eine Sekunde lang gedacht. Selbst der Vater war ja überzeugt gewesen, daß Reinhold drüben »ein vernünftiger Mensch« werden würde. Wie sollte sie jetzt dem Jugendgeliebten gegenübertreten? Ihre Gedanken gingen mit ihr durch, sie wußte nicht aus noch ein. Und so saß sie am offenen Fenster und blickte zum gestirnten Lenzhimmel hinauf, phantastisch lächelnd, von bunten Träumen umgaukelt. Er war ja wieder da – was bedurfte sie fürs erste mehr als diese Gewißheit? Die Hoffnung lullte sie ein wie Opium. Alles mußte wieder gut werden, und in wenigen Tagen, Durch welche Mittel – diese Frage kümmerte sie nicht. Sie saß am Fenster und träumte. Ihr tränenfeuchtes Antlitz rötete sich leicht; ihre Finger glitten durch die duftigen Haarwellen, wie einst seine Finger getan, und ihr Mund küßte dies Haar, wie einst sein Mund. Sie dachte der berückend schönen, sonnigen Tage, da sie seiner Liebe sicher gewesen, da ihr jede Stunde die Tür zum Paradies geöffnet, da sie Seligkeiten empfunden hatte wie kein Mensch vorher. Diese Vormittage, die ihr in Gedanken an ihn verstrichen, bis sie ihn und den Vater durch den Garten aus der Fabrik kommen sah, diese Abende, die sie auf der weinumrankten Veranda verplauderten, während welcher er die funkelnden Schätze seines Geistes vor ihr ausschüttete! Diese Spaziergänge unter den alten Buchen des Gartens, diese heimlichen Wanderungen mit ihm durch den Stadtpark, zur Nachtzeit! Niemand ahnte, daß sie ihn liebte. Sie spielten geschickt Versteck – und diese Heimlichkeit war ihre höchste Wonne, würzte noch den goldenen Nektartrank. Erst als er geschieden und alles verloren war, verriet sie sich dem Vater. Ihren Schmerz vermochte sie nicht allein zu tragen wie ihre übergroße Seligkeit.

Marianne saß am Fenster und träumte, bis nebenan Schritte laut wurden und Heinrich Martiensen fragte, ob sie sich nun wirklich wieder ganz gesund fühle.

II.

Konrad Lasser hatte seine Arbeiter richtig eingeschätzt – die Streikbewegung, durch mancherlei Umstände geschürt und von einem tatkräftigen Führer geleitet, war in vollstem Gange. Die Nachgiebigkeit und Gewandtheit Martiensens, der eine Konrad ganz unerklärliche Furcht vor dem Ausstand an den Tag legte, hatte zwar besänftigend gewirkt und zur Anknüpfung langwieriger Unterhandlungen geführt; da aber Lasser trotz des dringenden Rates seines Schwiegersohnes keinen Schritt breit zurückweichen wollte und die Unzufriedenen ebenso hartnäckig auf ihren Forderungen bestanden, ließ sich endlich der Ausbruch des Lohnstreites nicht länger beschwören. Auch heut abend war von Kowalski, dem Leiter der Bewegung, eine öffentliche Versammlung aller Arbeiter der Lasserschen Werke einberufen, wozu man auch die beiden Chefs der Firma geladen hatte. Konrad lachte laut auf, als er das Schreiben empfing, und spottete dann in seiner hochmütigen Art über die Keckheit der Leute; Heinrich Martiensen aber erklärte bestimmt, die Verantwortung für den Kampf nicht tragen und jedenfalls sein Bestes tun zu wollen, ihm vorzubeugen. Es kam zu einem ziemlich erregten Wortwechsel zwischen den beiden Teilhabern, Heinrich, der sich sonst dem Älteren in jeder Beziehung beugte und nach seinen Wünschen handelte, blieb diesmal seltsamerweise fest und setzte seine Absicht, die Versammlung zu besuchen, durch.

Es war elf Uhr vorüber. Martiensen erwartend, saßen Konrad Lasser und seine Tochter auf der Veranda. Die junge Frau hatte sich über die Brüstung geneigt und horchte in die menschenleere Straße hinaus.

»Heinrich bleibt aber wirklich lange, Papa,« sagte sie, sich halb zu dem alten Herrn herumwendend, der nun auch rastlos hin und her wanderte und vor lauter Nervosität noch nicht dazu gekommen war, das Abendblatt zu Ende zu lesen. Viermal hatte er es in die Hand genommen und ebensooft wieder mißmutig auf den Tisch geworfen. So sehr er sich auch bemühte, seine Unruhe zu verbergen und Gleichgültigkeit zu heucheln, es gelang ihm schlecht; selbst er sah nun dem Ausgang des Turniers mit Spannung und Erregung entgegen.

»Es wird heiß hergehen, Mieze,« sagte er nach einer Weile. »Dieser Kowalski hat die Leute ganz in den Händen – und er soll ein brillanter Redner sein. Wie alle, die von nichts etwas verstehen und deshalb, statt vom Handwerk, vom Mundwerk leben. Na, vielleicht bringt unser schüchterner Heinrich die brüllenden Löwen zur Vernunft. Ich glaub's zwar nicht. Daß er überhaupt hingegangen ist, paß mal auf, das macht die Kerle nur übermütig.«

»Sie werden ihm doch nichts Böses tun?« fragte Marianne zerstreut und trat ins Zimmer zurück.

»Keine Ahnung. Dafür ist ja Polizei im Saale. Und seine Courage muß ihnen gefallen. So etwas kommt ja nicht alle Tage vor. Sage mal, Mieze – wundert's dich nicht auch, daß Heinrich auf einmal so tapfer ins Zeug geht? Ich versteh's nicht. Hat er dir gegenüber nichts geäußert?«

»Nein, Papa.«

»Na, meinetwegen. Und schließlich, wenn die Kerle durchaus hungern wollen, in Gottes Namen. Wir halten's aus. Uns pressiert es nicht so. Mach doch einmal Heinrich den Standpunkt klar, mir gelingt es nicht. Ich begreife ihn gar nicht – wie kann man denn gleich das Schlimmste fürchten, wenn nun wirklich ein paar Tage lang nicht alle Maschinen gehen. Dich hat er übrigens mit seiner Nervosität angesteckt.«

»Mich?«

»Ja. Leugne es nicht. Du bist ganz anders, seit einiger Zeit. Es wird hier furchtbar ungemütlich im Hause, finde ich. Ich habe dafür ein sehr feines Gefühl.«

»Aber Papa!« lachte Marianne. »Ich schwöre es dir, mir ist euer Arbeiterausstand so ungeheuer gleichgültig –«

»So? Dann ist es etwas anderes, das dich so seltsam macht. Mir gegenüber, ihm gegenüber. Ich habe dich genau beobachtet, du! Und Mieze, es kommt mir manchmal vor – ja, warum sollt' ich nicht offen sein gegen mein Kind –«

»Gewiß, Papa!« bat sie, indes ein seltsames Jucken ihre Mundwinkel umflog.

»Nun, siehst du, ich scheine mir manchmal hier verdammt über-
flüssig. Es ist ja auch kein Wunder. Zwei junge Leute wie ihr und
ein so alter Graukopf, das harmoniert nicht auf die Dauer. Nein,
rede nichts dagegen. Ich möchte kein Störenfried sein. Ich –«
»Liebster Papa! Hast du über mich zu klagen, so ... Ach ich weiß
ja, ich bin nicht wie früher. Es ist etwas mit mir vorgegangen – ich
weiß es selbst nicht.« Sie brach in Tränen aus und näherte sich dem
Vater, der sie an sich zog und sie auf die Stirn küßte. »Papa, nicht
wahr, es geht allen jungen Frauen so, wenn ...«

»Natürlich, natürlich!« beruhigte er sie. »Aber eben deshalb!
Weißt du, so junge Ehen vertragen wirklich keinen dritten. Und
darum hab' ich in den letzten Tagen, wo du ... na, Gott, es ist ja
nichts dabei, aber du warst wirklich ein bißchen unfreundlich gegen
mich, und vor allem gegen den guten Heinrich ... Sieh mal, er hat
jetzt so schwer zu tragen, mach's ihm nicht noch drückender! –
Kurz und gut, ich bin fest entschlossen, euch allein miteinander
auskommen zu lassen.«

»Du willst von uns ziehen, Papa?« fragte sie ganz, entsetzt.
»Nein, nein, das ertrag' ich nicht, gerade jetzt nicht. Ich fürchte mich
so sehr. Mir ist, als müßte jeden Tag –!« Sie stockte und überlegte,
ob sie dem Vater endlich offenbaren sollte, was sie auf jener Fahrt
durch die Frühlingsnacht so tief, bis ins innerste Herz erschreckt
hatte. Und sie entschied sich wieder dafür, das Geheimnis zu be-
wahren. »Nein, zieh nicht von uns fort, Papa.«

»Kleine Närrin du! Furcht? Vor wem denn? Lächerlich.« »Vater –
ich weiß nicht – aber wenn Reinhold ...« Nun war es heraus. Sie
wandte sich totenbleich zur Seite.

Der Fabrikant kniff die Lippen zusammen und sagte kein Wort.
Es ward still im Raume, totenstill. Man hörte den Abendwind mit
den Blättern des wilden Weines spielen, der den Balkon umrankte,
hörte das leise Aufschlagen der Gardinen.

»Du meinst, er ist wieder in Berlin?« flüsterte Lasser endlich.

»Ich weiß nicht –«

»Und wenn schon!« rief der Fabrikant mit starker Stimme. »Er
mag sich vor uns fürchten, nicht wir vor ihm. Kommt er aber trotz-

dem wieder, so – nun, so werde ich nicht vergessen, daß er das einzige Kind meines Bruders ist. Ich will ihn unterstützen, gewiß. – Ich weiß ganz gut, du bildest dir ein, ich hass' ihn – aber das ist albern. Aus Berlin freilich muß er fort. Muß er. Ich habe so 'ne Ahnung, Mieze, als könnt' er jeden Tag vor uns hintreten. Es ist zu – zu kurios. Wenn man jemanden wer weiß wo glaubt, in einer ganz anderen Welt – gerade wie bei einem Toten – und plötzlich merkt man, daß er doch noch da ist... Man sieht ihn nicht, aber man fühlt ihn.«

»Was du für Phantasien hast, Papa! Gerade wie Heinrich neulich im Tiergarten.«

»Du hast mich erst auf die Gedanken gebracht, Mieze. Ich fand vorgestern eine Photographie von ihm auf deinem Zimmer. Du weißt, ich ... ich vertrag' das nicht. Ich hab' es dir damals streng verboten, und du hast doch welche behalten.«

»Du hast mir gar nichts zu verbieten, Vater, nichts!« sagte sie sehr entschlossen und mit blitzenden Augen.

Er schwieg wieder und betrachtete seine ringgeschmückten Hände. »Ich habe es deinetwegen verboten, Kind!« preßte er dann hervor. »Laß die Toten ihre Toten begraben. Du machst dich und mich krank, wenn du immer wieder Erinnerungen weckst – zwecklose und quälende Erinnerungen ... ja. Und was ich dir sagen wollte. Ich werde wieder heiraten.«

»Du?«

»Sehr bald sogar. Mit Heinrich hab' ich bereits gesprochen. Es ist besser für uns alle. Ich werde Fräulein Minden heiraten.«

»Also doch. Doch die Schauspielerin.«

»Ja. Es tut mir leid, daß sie dir nicht gefällt.«

»O bitte, ganz im Gegenteil. Und meinen herzlichsten Glückwunsch, Papa. Es hat freilich lange genug gedauert.«

»Es war mancherlei zu überwinden, mancherlei, wovon ich nicht mit dir sprechen kann, was aber wesentlich dazu beitrug, meine Laune in der letzten Zeit zu verschlechtern. Gott sei Dank, daß es überstanden ist. Ich habe jetzt Garantien – hm – überzeugt hab' ich mich, daß gewisse hämische Klatschereien auf gröbster Unwahrheit beruhen.«

»O, das freut mich.«

»Das freut dich! Nun, ich habe einen schweren Kampf gekämpft. Aber –« seine Stimme senkte sich etwas, und er vermied Mariannens Blicke –»ich liebe sie. Ich glaube zuversichtlich, daß mir an ihrer Seite ein neues, glückliches Leben beschert ist, trotz alledem. Und darum hab' ich vergessen, was zwischen uns lag – vollkommen vergessen.«

Sie verstand ihn; jede Silbe, jeden Ton verstand sie. Aber es bereitete ihr unsägliches Vergnügen, nun auch aus seinem Munde zu hören, was sie längst auf Umwegen erfahren hatte. »Ja, Papa – willst du nicht ganz offen gegen mich sein. Ich verstehe dich sehr schwer.«»Hm.« Er nahm die Zeitung in die Hand und zerknüllte sie. »Erfahren wirst du's doch, und es ist ja nichts, dessen ich mich zu schämen brauchte. Vielmehr er. Du verstehst. Der – der Amerikaner.«

»Reinhold?«

»Ja, ja, unser lieber, teurer Reinhold.« Er sah sie mißtrauisch an. »Wenn du's also wirklich noch nicht weißt ... Ich kenne Fräulein Minden schon an die sieben Jahre. Ich dachte vom ersten Augenblick daran, sie in mein Haus zu führen. Ich habe sie sehr, sehr geliebt. Und ich durfte hoffen – ich hatte alle Veranlassung zu dem Glauben, daß ich ihr nicht gleichgültig war. Nun, und ... na, ich zauderte eine Weile, dir eine Stiefmutter ins Haus zu bringen. –«

»Unsinn, Papa. Danach hättest du gerade gefragt. Aber erzähle weiter.«

»Und siehst du, da wollte es der Zufall, daß – daß er mich in ihrer Gesellschaft traf. Ich mußte ihn mit ihr bekannt machen, und das Weitere – das weißt du vielleicht besser als ich.«

»Sie verkehrten miteinander?«

»Ja, ja. Aber sie hat mir gestern wieder mit den heiligsten Eiden beteuert, daß es ihrerseits nur ein lustiger Spaß gewesen sei – daß sie ihm nie erlaubt habe, diese Grenzen auch nur im geringsten zu überschreiten. Nun – das gab den Ausschlag für mich.«

Marianne lachte höhnisch. »Nun – und das glaubst du?«

»Warum sollte ich es nicht glauben? Was war denn Liebenswertes an dem unreifen, überspannten Burschen? Unverzeihlich fand ich nur, daß Thessa sich so intim mit ihm einließ, ihre Stellung zu mir ganz vergaß, sogar Geschenke von ihm annahm –«

»Und ihn zugrunde richtete.«

»Ach, keine Idee. Keine Idee. Wer weiß, wo und mit wem er damals die Gelder durchgebracht hat – mit Fräulein Minden jedenfalls nicht. Sie stellt es ganz entschieden in Abrede. Was er ihr geschenkt hat, ist eigentlich nicht der Rede wert – ich habe mich davon überzeugt. Und Fräulein Minden beklagt ihre Verirrung, wie sie's nennt, heute aufs tiefste. Sie –«

»Ja, sie ist alt geworden, Papa, und braucht Versorgung.«

»Marianne!« Der Fabrikant reckte seine imposante Gestalt hoch empor. »Du sprichst von meiner Braut!«

»Pardon – du sprichst von ihr. Du hast die Unterhaltung eröffnet. Mir – mir liegt jede Neugier und jedes Interesse an den Gefühlen dieser Dame fern, und ihre Aussagen sind mir – mindestens – höchst gleichgültig.«

»Hätte ich geahnt, daß du dich solcher Wendungen bedienst und von vornherein solche Empfindungen gegen die künftige Frau deines Vaters hegst –«

»Und du willst sie wirklich heiraten – sie, die dich, die Reinhold, die euch beide schmählich betrogen hat – Vater – bist du denn blind?«

»Schweig, sag' ich dir! Schweig!« zischte Lasser, einen Schritt ans sie zutretend. »Meinst du denn, ich könnte mir nicht denken, warum du Fräulein Minden auch heute noch so unbarmherzig anklagst? Hahaha!«

Marianne zitterte am ganzen Leibe, und ihre Hände waren krampfhaft ineinander verschlungen. Sie suchte nach Worten, unkindlichen, beleidigenden, haßerfüllten Worten, die all ihrem Grimm und ihrem Zorn Ausdruck geben sollten, all ihrer wütenden Trauer um ihr verlorenes Leben. Da klangen Schritte im Nebenzimmer, und gleich darauf trat Heinrich mit kurzem Gruße ein. Er hatte offenbar erwartet, daß beide ihm entgegeneilen, ihn mit neugierigen Fragen bestürmen würden; als er sie aber lautlos, mit finsteren Mienen dastehen sah, seufzte er, warf sich in den nächsten Sessel und sagte nur:»Also Streik.«

» Streik!« wiederholte Lasser mechanisch.» Sie hätten sich also alle Mühe sparen können. Es ist gekommen, wie ich sagte. Es war ja auch vorauszusehen.«

»Nichts war vorauszusehen!« gab der andere einigermaßen verletzt zurück.»Ich sage Ihnen, alles ging vortrefflich. Als ich erschien, machten mir alle sehr ehrerbietig Platz. Und dann hob der Tanz an. Erster war Naumann, sprach sehr vernünftig, von seinem Standpunkt aus. Lohnerhöhung und Verkürzung der Arbeitszeit, na ja, sehr ideale Forderungen, aber bei dem schlechten Geschäftsgang! Hernach kam ein kleiner Krächzer an die Reihe, schimpfte mörderlich und wurde von einigen ausgelacht. Ich merkte schon, es war Stimmung für uns da. Dann der alte Kassierer, der Paul, ein sehr verständiger Kerl. Der meinte, mit dem Streikfonds stünde es man so so, und Zuzug wäre schlecht fernzuhalten; man sollte um Gottes willen nicht leichtsinnig vorgehen und erst die Lage genau prüfen. Nach ihm redeten noch mehrere. Was sie zu reden pflegen, von Kapitalismus, Ausbeutung und Notstand. Lauter Dummheiten, aber na, die Kerle hörten's gern und schrien immer wütender Bravo. Endlich kam ich zu Worte. Alles war mäuschenstill. Ich machte ihnen nun klar, daß wir keine Arbeiterschinder wären. Daß wir mit die höchsten Löhne in der Branche zahlen. Das Geschäft gehe jämmerlich schlecht, wie jeder wisse. Wir seien auch gar nicht abgeneigt, im Winter, wenn die Aufträge wieder zahlreicher einliefen und höheren Gewinn ergäben, unter Umständen die Löhne freiwillig aufzubessern. Jetzt, wo wir zum Teil auf Vorrat arbeiteten, gehe es nicht. Ich rechnete ihnen unsere Unkosten aus und unsern Verdienst. Ich glaube, Herr Lasser, ich sprach ganz gut. Sie schrien nicht Bravo, aber sie lärmten und ulkten auch nicht. Ein gutes Zeichen. Und als nun noch der dicke Schulze aus der Tischlerei aufstand und mir recht gab und mehreres von uns erzählte und sagte, die Familienväter würden es sich doch sehr überlegen, ehe sie so leichtsinnig einen Streik vom Zaune brächen – es gäbe wahrhaftig Fabriken, wo ein Streik tausendmal angebrachter sei, und die Arbeiter hielten doch's Maul und seien froh, daß sie nicht zu hungern brauchten, so liege das Geschäft – da stimmte ihm von den Alten die Mehrheit zu. Nur die ganz Grünen, die blökten. Der Polizeileutnant, neben dem ich stand, sagte mir: rsaquo;Es geht gut – Sie gewinnen – kenne das!rlsaquo; Und da auf einmal, was soll ich euch erzählen, ist plötzlich ein Kerl aufs Podium geklettert, ein ganz verwahrlostes, ruppiges Subjekt, der Kowalski – ich muß die Galgenphysiognomie schon mal irgendwo gesehen haben – und läßt einen Speech los – zum Davonlaufen. Alles war paff. Gelernt muß der Bursche was haben, und er wußt' es von sich zu geben, das will ich nicht bestreiten. Verständige Leute hätten ja über den Blödsinn gelacht. Aber unsere Arbeiter – unsere Arbeiter! Sind ja völlig unreif. Der Kowalski, das ist der richtige Hetzer und Aufwühler. Der redete nun eine halbe Stunde lang mit dem Organ von vierzig Bären, und Worte gebrauchte er – Worte! Gegen den war nicht aufzukommen. Die Kerle wurden wie toll, rasten und tobten, daß der Saal dröhnte, sie schrien jeden nieder, der ihnen vernünftig zuredete. Mich ließen sie überhaupt nicht mehr sprechen. rsaquo;'s ist besser, Sie gehen,rlsaquo; sagte mir der Polizeionkel. rsaquo;Hier ist doch nichts mehr zu machen. Kenne das.rlsaquo; Und richtig. Der Vorsitzende fragte, ob ich gewillt sei, die Bedingungen der Kommission anzunehmen. rsaquo;Nein,rlsaquo; sagte ich. Da haben sie dann, mit allen gegen fünf Stimmen, den Streik proklamiert.«

Heinrich hatte seinen Bericht unter heftigen Gestikulationen vorgetragen, jetzt erwartete er die teilnehmenden Äußerungen seiner Verwandten. Aber nur Lasser brachte ein »Na, 's wird auch so gehen!« hervor.

»Ihr seid ja merkwürdig heut' abend! Was ist denn wieder passiert?« fragte Martiensen endlich gekränkt. »Die Sache interessiert euch wohl gar nicht? Da hätt' ich mir freilich die Mühe sparen können, Sie hatten ganz recht, Herr Lasser.« Trotzdem begann er von neuem, alle möglichen Einzelheiten aus der Versammlung zu erzählen, und als er genügend von seiner Rede berichtet und geschwärmt hatte, beschäftigte er sich eingehend mit seinem Hauptgegner.

»Weißt du, Mieze,« wandte er sich plötzlich unvermittelt an seine Frau, die gelangweilt dagesessen und nur mühsam ihr Gähnen verborgen hatte, »jetzt fällt mir auch ein, wo ich den Kowalski schon gesehen habe. Jetzt fällt mir's ein. Dienstag nacht, als wir durch die Leipziger Straße fuhren, an den Arbeitern vorbei – ich Esel gab ihm noch ein Fünfgroschenstück –«

»Heinrich!« Das war der Aufschrei einer Nachtwandlerin, die aus ihrem Traumgang erweckte.

»Aber was ist dir denn, Kind? – Sehen Sie doch, Vater – lieber Gott, Mieze ist ohnmächtig geworden!«

III.

Langsam und trübe schlichen die Tage dahin. Der Streik war ausgebrochen, und man erkannte bald, daß eine bedeutende organisatorische Kraft ihn leitete. Es gelang der Fabrik trotz gewaltigster Anstrengungen nicht, für die ausständigen Arbeiter Ersatz heranzuschaffen; die über sie verhängte Sperre schloß jeden Zuzug mit unbedingter Gewißheit aus. Ja, mehr noch. Die wenigen alten, der Firma treu gebliebenen Werkleute wichen bald genug dem Druck ihrer Genossen und legten die Arbeit gleichfalls nieder, und wenn es in den ersten Tagen des Streiks möglich gewesen war, wenigstens in einzelnen Werkstätten den Betrieb notdürftig aufrecht zu erhalten, so mußte jetzt das eiserne Fabriktor den ganzen Tag über geschlossen bleiben. Die mächtigen Maschinen schliefen ein, die hohen Schornsteine rauchten nicht mehr, und die Mittagsglocke war verstummt. Dem ungemein gewandten Führer des Aufstandes glückte es, in rastloser Tätigkeit größere Unterstützungssummen aufzubringen und den Arbeitern hinreichende Streikgelder zahlen zu können, so daß ihnen wirkliche Not fern blieb. Auch war die Jahreszeit dem Unternehmen günstig und geschickt gewählt; zahlreiche Versammlungen, in denen neben Kowalski auch hervorragende Größen der Partei sprachen, hielten den Mut der Kämpfenden aufrecht, stärkten ihre Widerstandskraft. So schien es, als sollte sich der Ausstand diesmal ungewohnt in die Länge ziehen und schwerere Opfer als sonst auferlegen.

Im Lasserschen Hause wurde die Stimmung immer gedrückter. Zwar Konrad selbst hatte seine gute Laune fast unversehrt in die Streiktage hinübergerettet; er machte sich gern über die Arbeiter, mehr noch über Heinrichs Unruhe und Verzweiflung lustig und meinte, daß ihm ein paar Monate Ferien in dieser köstlichen Frühlingszeit recht zu Passe kämen. Daß er ungemein neugierig wäre, zu sehen, wer es länger aushielte, er mit seinem Bankguthaben oder die Arbeiter mit ihren Sammeltellern. Er fühlte sich als glücklicher Bräutigam im siebenten Himmel und widmete nicht ungern die Stunden, die er sonst im Kontor seiner Fabrik verbrachte, seiner holdseligen Braut. Die Verlobung stand in Kürze bevor, mit Tochter und Schwiegersohn hatte er sich friedlich auseinandergesetzt und sah nun vergnügt in eine sonnige Zukunft. In eine Zukunft, die ihm noch einmal Jugend und lachendes Glück zurückbringen sollte. Und wenn er es auch aufs peinlichste vermied, mit Marianne eingehend über die Frage seiner Verheiratung zu sprechen, Heinrich gegenüber fühlte er sich um so sicherer, dem schenkte er volles Vertrauen. Er überließ ihm die Sorgen um die Fabrik, die jetzt allerdings nur gering waren, und begnügte sich damit, seine Befürchtungen und seine immer wiederkehrenden Bitten, den Ausständigen entgegenzukommen, fast übermütig zu bespötteln. Freilich war er, gerade jetzt in seinem Glücksrausch, ein viel zu oberflächlicher Beobachter, um bemerken zu können, daß Heinrichs Wesen sich mit jedem Tage mehr umdüsterte und daß der junge Mann eine Ängstlichkeit und Verlegenheit zur Schau trug, die selbst seinem wenig kraftvollen Charakter seltsam anstand. Martiensen seinerseits nahm sich immer wieder vor, dem Teilhaber zu offenbaren, was ihn bedrückte, verlor aber im entscheidenden Moment immer wieder den Mut. Statt dessen machte er dann krampfhafte Versuche, Arbeiter heranzuziehen und den Betrieb wenigstens hier und da wieder aufzunehmen, statt dessen sann er auf immer neue Vernunftgründe, um Lasser von der Notwendigkeit zu überzeugen, in Unterhandlungen mit dem Gegner einzutreten. Konrad hörte schließlich auf, über diese unermüdlichen Attacken zu lachen, er wurde ärgerlich und verschwor sich, vor »dem Gesindel« keinen Schritt zurückzuweichen. Wußte er doch, daß ihn außer einigem entgangenen Verdienst an schwebenden, nun nicht ausführbaren Orders absolut kein Schaden erwuchs, daß die Fabrik ausdehnungsfähig genug war, um im Winter, mit verdoppelter Belegschaft arbeitend, alles Versäumte nachholen zu können. Er blieb also fest, und Heinrichs haltloses Gebaren bestärkte den Eisenkopf nur in seinen Anschauungen.

Martens & Co. fragen heute an, wann sie mit Sicherheit auf Lieferung rechnen können,« sagte Heinrich eines Morgens beim Frühstückstisch, kaum imstande, seine Erregung zu bemeistern. »Sie wissen, Herr Lasser, ich hab' den großen Auftrag bei meiner Reise aufgenommen und den Leuten Lieferung in vier Monaten versprochen – es ist gleichsam eine Ehrensache für mich – und nun sind wir morgen so weit, daß der Liefertermin abgelaufen ist ... aber kein Gedanke an Lieferungsmöglichkeit.«

»Nun ja, nun ja,« sagte Lasser, ungeduldig auf die Uhr sehend – er wollte um halb elf Uhr Thessa aus ihrer Wohnung abholen und mit ihr zum Rennen fahren – »es geht eben nicht. Es ist ein fetter Bissen, schade drum, aber wir können nicht hexen. Ich habe mich mit der Sache schon abgefunden, es wäre schlimm, wenn wir den Posten verlören, doch die Leute müssen Einsicht haben. Schreiben Sie ihnen das doch.«

»Das habe ich schon getan, sie bestehen auf ihrem Schein.«

»Mir auch recht.«

»Wollen wir nicht ... wir dürfen doch so gute Kunden nicht verlieren – wir können ja hernach die Bude wieder schließen ... aber dieser Auftrag müßte ausgeführt werden, dieser eine –!«

»Sie kennen meine Ansicht,« sagte Lasser aufstehend und mit ungewohntem Ernst in der Stimme, »ich lasse mir von meinen Arbeitern keine Gesetze vorschreiben, absolut nicht. Gibt man einmal nach, dann ist die Autorität auf immer zum Teufel. Und was Sie da vorschlagen, scheint mir nicht nobel. Entweder, oder. Ich bin fürs Entweder. Bitte, Herr Martiensen, kommen Sie mir mit dergleichen Vorschlägen nie mehr. Sie verderben uns beiden den Tag damit.«

Heinrich erwiderte kein Wort, ließ aber sein Frühstück unberührt.

»Was hast du nur?« fragte Marianne ängstlich, als der Vater gegangen war. »Du hängst dich so auffällig an diese eine Arbeit –«

»Zum Teufel, ja!« schrie er, sich vergessend und seinem Weibe gegenüber der Verzweiflung, die ihn gepackt hatte, freien Lauf lassend. »Dein Vater weiß nichts davon, aber wenn er es wüßte ... Ich habe die Order von Martens nur bekommen, weil ich eine Konventionalstrafe übernahm – dreitausend Mark für jede Woche, die sich die Lieferung über vier Monate verzögert ... Mein Gott, wer konnte denn damals ahnen, daß die Kerle – daß dein Vater ein so verschrobener, dickköpfiger –«

»Heinrich – ich bitte dich!«

»Ja, nimm nur noch für den alten Narren Partei!« pfauchte Martiensen wütend. »Er ist ja keinem vernünftigen Worte zugänglich in seiner lächerlichen Verliebtheit. Das ganze Viertel macht sich drüber lustig ... na, du kannst dir denken! Erst der Neffe, dann der Onkel, der mit den *beaux restes* fürlieb nimmt. So ein alter –«

Marianne hatte sich erhoben. »Wenn du noch ein Wort gegen den Vater sagst, dann sieh zu, wie du mit ihm allein fertig wirft. Dreitausend Mark für jede Woche? Aber Heinrich – das war doch leichtsinnig! Du hättest dich doch wenigstens für den Fall eines Streikes sichern sollen, das tut doch jeder Kaufmann ... Du kannst uns ja ruinieren.«

»Leichtsinnig, leichtsinnig! Die Order hat uns für vier Monate Arbeit gegeben und einen schönen Verdienst – soll man so was der Konkurrenz lassen? Wir sind überhaupt viel zu altmodisch; wenn man nichts riskiert, kommt man zurück ... Aber dies Verhängnis ... Ich sage dir, Mieze, hätt' ich eine Idee gehabt – eine Idee! Ich hätte ja die Hände davon gelassen. Aber ich war meiner Sache so sicher ... Da kommt der Streik, ganz unvermutet. Du weißt, wie ich mich abgequält habe, um ihn zu hintertreiben. Und wäre dieser Bandit nicht gewesen, dieser Straßenräuber, der Kowalski – der hat sie ja alle zwischen den Fingern –«

»Könntest du nicht versuchen, auf ihn einzuwirken?«

»Den schlauen Gedanken hatt' ich schon selbst!« höhnte Martiensen. »Sei sicher, ich habe nichts unversucht gelassen. Ich war sogar selber bei ihm – vergangenen Dienstag. Ich habe ihm eine Werkmeisterstelle geboten ... denn er hat was weg; wie ich hörte, soll er ein verbummelter Ingenieur sein ... aber er lachte mich aus. Betriebsführer sollt' er werden, zuletzt hab' ich ihm Geld geboten, viel Geld, denn ich sah, wie es ihm ging – da warf er mich aus seiner Dachhöhle hinaus, der Schnapskato!«

»Und bist du gewiß, wirklich gewiß, daß er den Ausschlag gibt?«

»Kein anderer. Du mußt nur sehen, was er für 'nen Einfluß hat, 's ist horrend. Wie die kleinen Kinder laufen sie ihm nach, die Narren. Und dabei – dabei ... ich versteh's nicht. Ich will mich nicht rühmen, aber ich habe zehnmal besser gesprochen als er ... Es ist eine schreckliche Lage, Mieze. Ich wag's deinem Vater nicht zu sagen. Er würde ja toll, du kennst ihn. Vielleicht übernimmst du's, Miezchen.«

Die junge Frau sah zaudernd vor sich nieder. »Wärst du nur offen gegen ihn gewesen!« seufzte sie. »Wie kannst du nur so etwas auf eigene Faust abmachen!«

»Gott, Gott, Wenn man dich reden hört! Du kennst ihn ja! Er wäre nie darauf eingegangen. Und ich wollte durchaus die Order haben – so 'ne prachtvolle Order haben, über 350 000 Mark! Das ist doch kein Spaß, das liegt doch nicht auf der Straße. Ich mochte sie nicht fahren lassen, die 350 000 Mark. Aber so was verstehst du eben nicht.«

»Dem Vater dürfen wir's nicht sagen,« meinte Marianne nachdenklich. »Wenigstens jetzt nicht mehr. Gleich als der Streik anfing, vor vier Wochen, da war's Zeit dazu. Heute aber – er würd' es dir nie verzeihen, daß du gegen seinen Willen und hinter seinem Rücken so gehandelt hast und dann nicht einmal so viel Courage hattest –«

»Papperlapapp!«

»Aber vielleicht fährst du nach Breslau, Heinrich, und stellst es den Leuten vor – bittest um Aufschub –«

»Ja, die! Was machen sich Kaufleute daraus! Du hast Ansichten, Mieze! Eher erbarmt sich ein Stein als die.«

»Das ist schlimm, Heinrich.«

»Brauchst du mir nicht zu sagen. Denke lieber nach, wie wir's ändern. Überleg dir's doch mit Papa. Mal muß er's ja doch hören. Besser jetzt. Heut' abend, wenn er nach Hause kommt ... Ich muß nach Hermsdorf 'raus – ich werde also nicht stören. Bitte, Mieze, tu's doch! Ich bin so verzweifelt – tu's doch!«

»Das – das ... Nein, ich mag's nicht, deinetwegen. Du hast es dann ein für allemal mit ihm verspielt. Ich kenne ihn, so etwas vergißt er nie. Aber ich habe eine andere Idee, Heinrich.«

»Ja?«

»Ich – Nun, ich will sie lieber noch für mich behalten. Denn ich weiß nicht, ob es hilft ... Aber ich hoffe es ...«

»So rede doch!«

»Nein, später – wenn es so weit ist!«

»Hab' dich nicht albern. Für solche Geheimniskrämerei ist die Sache zu ernst. Und vielleicht kann ich dir dabei helfen.«

»Du kannst gar nicht dabei helfen. Im Gegenteil.« Und dabei blieb sie.

Als Heinrich gegangen war, begab sich Marianne in ihr Stübchen und riegelte sich ein. Dann kramte sie aus der untersten Schublade der altväterischen Kommode ein Päckchen Briefe und eine Photographie hervor, die sie bedächtig vor sich auf den Tisch legte. Verwehter Sonnenschein, der durch die frischgrünen Zweige der alten Buchen im Garten geglitten war und nun goldig grün ins Gemach lugte, spielte über die verblaßten Schriftzüge hin, beleuchtete die ausdrucksvollen Linien des Bildes, daß es Leben anzunehmen, zu atmen schien. Und einer plötzlichen Eingebung folgend, riß Marianne es an die Lippen und küßte es.

In sich versunken, saß sie lange und starrte in das flackernde Licht, das rheinweinfarben durchs Geäst rieselte und an den silbergrauen Stämmen langsam niedersickerte. Ihre Gedanken flogen in die Weite, in saphirene Höhen hinauf, und ihre Augen flammten. Vor der Weißglut ihrer Träume versank die nebelgraue Gegenwart, und eine neue Welt, vom Morgenrot umstrahlt, dufterfüllt, tauchte empor. Er würde Sieger bleiben auch in diesem Kampfe, zu Boden schmettern würde er ihren Vater, ihren Gatten, und jauchzend würde sie es begrüßen. Ja, mit klingendem Jubel. Ganz arm sein, bettelarm, daß er ihr helfen müßte, von ihm und seinem Mitleid abhängen – es dünkte sie Wonne. Und doch war sie überzeugt, daß es nur eines Wortes von ihr bedürfe, um ihn zu entwaffnen, ihr Haus zu retten. Sie wollte sich bezwingen, wollte dieses Wort aussprechen, aber ihm nachher allen Ruhm gönnen. Sie kämpfte mit ihm vereint, an seiner Seite, führte ihn, daß er nicht Böses mit Bösem vergalt, sondern nach den Worten des Heilandes handelte ... So saß sie, fast eine Stunde lang, und träumte. Als sie aus süßem Brüten erwacht war, schmückte ein fremdes, engelhaftes Lächeln ihre Lippen, und mit dem Eifer eines Backfisches, der seinen ersten Liebesbrief empfängt, las sie die vergilbten Papiere. Und da hatte sie die Kraft gefunden zu schreiben.

»Lieber Reinhold. – Ich weiß, daß Du wieder in Berlin bist, und weiß auch, was Du treibst. Sogar schon gesehen habe ich Dich. Ich würde Dich überall sofort wiedererkennen. – Nun hast Du gewiß recht, Papa zu zürnen, aber ich glaube, Du neigst so sehr zur Versöhnung wie er. Ach, wenn Du wüßtest, was wir alle in diesen Wochen gelitten haben, ich in allen diesen Jahren, Du wärst befriedigt und rächtest Dich nicht weiter.

Der Streik muß aufhören. Mein Mann – ich bin nämlich seit einem Jahre verheiratet, Du wirst es wohl erfahren haben – hat sich ohne Papas Vorwissen zu einer hohen Konventionalstrafe an eine Breslauer Firma verpflichtet, und Du kannst Dir denken, wenn das herauskommt! Ich weiß, daß Du großen Einfluß auf die Arbeiter hast, nun bitte, sei so gut und hilf mir. Wir haben uns ja damals gegenseitig versprochen, einander zu schreiben, wenn einer den andern braucht. Du warst zu stolz, um es zu tun, obgleich ich so herzlich gern alles für Dich hingäbe, was ich habe; Du brauchtest nur ein Wort zu sagen. Ich geniere mich nicht vor Dir.

Ich bitte Dich inständig, lieber Reinhold, komm wieder zu uns. Es muß ja alles wieder gut werden. Wenn Du vorher schreibst, triffst Du mich immer zu Hause. Mit tausend herzlichen Grüßen Deine Cousine Marianne.« Sie las den Brief noch einmal durch und war mit seinem Inhalt sehr zufrieden. Und nachdem sie ihre sorgsam gehüteten Schätze wieder in die Schublade verschlossen hatte, kuvertierte sie das Schreiben an den verlorenen Geliebten und machte sich zum Ausgehen fertig, um es selbst auf die Post zu tragen. Sie kam sich recht groß vor in diesem Augenblicke; sie wußte sich des Sieges sicher und empfand ein wohltuendes Gefühl des Triumphes bei dem Gedanken, daß in ihren Händen das Schicksal von vier Menschen lag, daß Gott sie berufen hatte, die Sünden anderer wieder gutzumachen, und die zu versöhnen, die sich haßten.

IV.

Als sie von dem nahegelegenen Postamte zurückkehrte, überraschte man sie durch die Meldung, daß Fräulein Thessa Minden, ihres Vaters Braut, sie zu sprechen wünsche. Zu jeder anderen Stunde hätte sie den Besuch rücksichtslos abgewiesen, in ihrer jetzigen fröhlichen und zukunftfrohen Stimmung aber kam ihr die Feindin gerade recht, um auch mit ihr nach den Worten des Evangeliums zu verfahren. Überdies sagte ihr eine Ahnung, daß etwas Besonderes vorgefallen sein müsse, und ihr Herz pochte ungestüm bei dem Gedanken, nun endlich Aug' in Aug' ohne Zeugen, der Frau gegenüber zu stehen, die so verwüstend in ihr und Reinholds Leben eingegriffen hatte.

Fräulein Minden sah berückend aus – das gehörte zu ihren Berufspflichten. Die Schönheit der Dreißigerin hatte sich zu blühender Üppigkeit entfaltet und schien doch so taufrisch wie vor zehn und mehr Jahren. Mariannens erstes Empfinden ihr gegenüber war weniger eine Regung der Eifersucht als des Neides, und trotzdem in diesem Augenblick eine Hochflut peinigender Gedanken auf sie einstürmte, blieb ihr doch Zeit genug, die kostbare Frühlingstoilette der Dame mit Kennerblicken zu mustern.

Sie begrüßte ihren Gast mit einfacher Höflichkeit. »Mein Besuch setzt Sie gewiß in Erstaunen, gnädige Frau,« begann Thessa die Unterhaltung. »Es sind in der Tat seltsame Umstände, die mich zwingen – die mir den Wunsch nahe legten, ein paar Minuten mit Ihnen zu verplaudern.«

Marianne verneigte sich. »Das ist mir lieb. Sie waren so lange unsichtbar. Sogar im Theater hab' ich Sie in den letzten vier Wochen nie gesehen.« Dieser kleine Stich sollte einmal ausdrücken, wie wenig Marianne sich für die künftige Stiefmutter interessierte, und dann sollte er das rollenarme Fräulein an ihre künstlerische Bedeutungslosigkeit erinnern.

Aber Thessa überhörte die kleine Bosheit, verstand sie vielleicht gar nicht und lächelte sehr liebenswürdig. »Wissen Sie, gnädige Frau, weshalb ich gerade diese Stunde zu meinem ersten Besuch in Ihrem Hause wählte? Weil ich Sie ganz allein haben wollte. Ihr Herr

Gemahl steckt ja jetzt in der Fabrik, und Ihr Herr Vater –«. Sie lachte.

»Nun?«

»Der wartet bei mir auf mich. Wir Damen sind also ganz unter uns.«

Mariannens Züge verrieten allzudeutlich, wie unangenehm diese Worte sie berührten.

»Es war wirklich nur eine Kriegslist,« fuhr Thessa eifrig fort, »ich wußte wahrhaftig nicht, wie ich's anders anfangen sollte. Und ich mußte Sie doch sprechen. Ich habe nämlich gestern – gestern einen Besuch erhalten – einen sehr unerwarteten Besuch – und da wir nächstens doch in enge Verwandtschaft miteinander treten werden, Frau Marianne, so hielt ich es für meine Pflicht, diese Angelegenheit mit Ihnen zu erörtern.«

Die junge Frau sah ängstlich und doch vor gespannter Erwartung zitternd vor sich nieder. Sie wußte sogleich, was es mit diesem Besuche auf sich hatte.

»Es ist eine etwas peinliche Geschichte,« fuhr die Schauspielerin mit ziemlich gleichgültiger Miene fort. »Darf ich ganz offen sein?«

»Ich bitte sehr darum.«

»Es hat mich jemand davor gewarnt, Ihren Herrn Vater zu heiraten. Wenn ich nicht freiwillig zurückträte, würde er mich dazu zwingen, indem er Ihnen gewisse Briefe von mir an einen jungen Mann zustellte.«

»An meinen Vetter Reinhold?«

»Ach, Sie wissen? Ja, an Ihren Vetter Reinhold. Ich will nicht leugnen, ich habe ihn einmal sehr lieb gehabt. Ich war jung und lebenslustig und nicht klug genug, um voraussehen zu können, was kommen mußte. Ich mache gar kein Hehl daraus, wenigstens Ihnen gegenüber nicht. Sie werden mich auch verstehen. Nun gut. Aber dann ist er doch fortgegangen. Das sind jetzt fünf Jahre. Mein Gott, in dieser Zeit kann man sich doch ändern. Da verliert doch alle Bedeutung, was sich vorher mal ereignet hat. Ich kann Ihnen gestehen, daß ich damals ... ich war noch so unerfahren und dumm – ja, damals verstand ich die Vorzüge Ihres Herrn Vaters nicht so zu schätzen –«

»Sie brauchen sich vor mir nicht zu verteidigen, Fräulein Thessa,« fiel ihr Marianne mit einiger Schärfe in die Rede. »Wenn ich ganz ehrlich sein soll, so muß ich gestehen, daß es mich auch wenig interessiert, zu erfahren, welche Umstände Sie auf die Vorzüge meines Vaters aufmerksam machten. Ich –«

»Aber verzeihen Sie, wenn ich unterbreche – was ich Ihnen sagte, gehört zur Sache. Sie wissen vielleicht nicht, daß sich Ihr Herr Vater schon damals um meine Hand bewarb, und daß nur durch Reinholds Schuld dieser Plan sich zerschlug. Er nutzte meine Unerfahrenheit aus – ja, das tat er. Und nun gönnt er mir nicht einmal jetzt, nach fünf Jahren, wo doch alles vergessen sein sollte, Ruhe. Ich ängstige mich sehr. Er war immer ein so desparater Mensch, Immer nur auf sich bedacht und alles, was er tat, hielt er für erlaubt. Wenn er nun wirklich nach Berlin zurückkommt –«

»Ich denke, er war gestern bei Ihnen?«

»Reinhold? Kein Gedanke!« entgegnete die Schauspielerin erstaunt. »Nein, das war ein Fremder – ein ganz Unbekannter. Und sehen Sie, ich finde es so sehr unrecht von ihm, daß er jemanden, den ich gar nicht kenne, in all diese Verhältnisse eingeweiht hat. Deshalb wollte ich Sie recht herzlich gebeten haben, gnädige Frau, wenn die Briefe in Ihre Hand kommen, sie einfach zu vernichten – oder noch besser, sie mir wiederzugeben, wenn Sie so gut sein wollen. Das ist's, weshalb ich zu Ihnen gekommen bin.«

»Ich habe die Briefe noch nicht. Ich weiß auch noch nicht, ob ich sie überhaupt annehmen werde.«

»Wirklich?«

»Ich muß mir das erst überlegen. Ob ich sie dann aber verbrenne oder Ihnen zurückgebe, das hängt natürlich ganz von ihrem Inhalt ab. Sollte der so sein, daß er Sie kompromittiert, ja, Fräulein Thessa, dann ist's vielleicht das Vernünftigste, Sie folgen dem guten Rate Ihres Besuchers.«

»Aber ich bitte Sie – solche niederträchtigen Wühlereien im Dunkeln, vor denen sollte man sich beugen?«

»Wenn Sie damals so gehandelt haben, wie es recht ist – gewiß nicht.«

»Ich verstehe Sie nur halb. Sie werden doch mit mir einer Meinung sein, daß es sich um eine ganz gewöhnliche Erpressung handelt. Reinhold hat drüben mit meinen Briefen geprahlt und sie irgend jemand überlassen – das liegt so recht in seiner Manier – oder aber der jemand besitzt sie gar nicht und droht nur damit, um mich einzuschüchtern –«

»Ja – ich vermute nun aber, daß sich hinter Ihrem jemand mein Vetter selbst verbirgt. Er hat den Boten an Sie abgesandt.«

»Ach nicht doch! Ihr Herr Vater, mit dem ich gestern zufällig auch auf die Vergangenheit zu sprechen kam, versicherte mir ganz positiv, daß Reinhold verschollen, irgendwie, irgendwo in Amerika untergegangen sei.« Die herzlose Kälte, womit sie das sagte, der absprechende Ton, den sie bei der Erwähnung von Reinholds Charaktereigenschaften anzuschlagen beliebte, empörte Marianne aufs äußerste. Und um dieses gemeinen, käuflichen, leichtfertigen Geschöpfes willen hatte Reinhold sie verlassen, sie unglücklich gemacht für ihr ganzes Leben! – Die junge Frau warf einen schnellen Blick in den Spiegel ihr gegenüber, und verglich sich heimlich mit dem aufgeputzten Besuche. Und ihr Entschluß stand jetzt fest.

»Nun, ich kann Sie versichern, daß Ihr früherer Geliebter in Berlin ist.«

»Sie haben ihn gesehen –«

»Nur ganz flüchtig freilich. Aber man erkennt einen Verwandten doch immer wieder.«

Thessa hatte sich erhoben und sah sehr betroffen aus. »Ist das Ihr Ernst, Frau Marianne?« stammelte sie.

Die andere zuckte die Achseln. »Weshalb zweifeln Sie daran?«

»Ja – und meinen Sie wirklich, daß Reinhold fähig wäre ... so eine niedrige Handlung – nein, nein ... er war immer ein Gentleman, ein nobler Charakter ... ach, das glaub' ich nicht –«

»Wie rasch Sie doch Ihre Ansichten über meinen Vetter wechseln!« bemerkte Marianne. »Aber jetzt sagen Sie die Wahrheit – ja, er war ein nobler und adliger Mensch,« Zorn und Mitleid für den zugrunde Gerichteten bebten in ihrer Stimme. »Warum haben Sie ihn ins Verderben gestürzt? Wundert es Sie denn, daß er nun mit solchen Waffen gegen Sie kämpft? Sie haben ihn dazu gezwungen.«

»Das ist ein Ton –,« erwiderte die Schauspielerin gereizt, »ich muß sagen –.« Sie bezwang sich aber im nächsten Augenblick und versuchte wieder zu lächeln. »Gnädige Frau fassen das viel zu scharf auf. Ich habe Reinhold geopfert, was zu opfern war, ich vertraute ihm blindlings, ich war nicht selbstsüchtig, glauben Sie mir. Wenn Sie ihn geliebt hätten, wie ich –«

»Ach, lassen wir das!«

»Und nun sehen Sie, ich kann doch nicht bis zum Ende meiner Tage die Kette nachschleifen ... Er war es doch, der mich verließ. Ich muß doch das Recht haben, mir eine neue Existenz zu gründen und meinem Herzen, wenn es wieder spricht, nachzugeben. Nicht wahr? Ach, Frau Marianne, denken Sie an Ihr eigenes Leben – vielleicht erging es Ihnen ganz ähnlich.«

»Sind denn die Briefe so gefährlich?«

»Gefährlich – nein. Das gerade nicht. Aber Ihr Herr Vater darf sie nicht lesen. Um keinen Preis. Ich habe mich oft um diese Briefe gegrämt –«

»Ja – dann sind Sie verloren. Reinhold wird die Briefe gar nicht mir, sondern meinem Vater direkt senden.« Es leuchtete wie schadenfroher Triumph aus den sonst so mild blickenden Augen der jungen Frau, und sie weidete sich an der tödlichen Angst ihrer Nebenbuhlerin. All die frommen Gedanken und Empfindungen waren wie dünne Wölkchen verweht vor dem Sturmwind wilder Leidenschaft.

»Der – der Bote sagte mir aber, daß Sie die Billette erhalten sollen. Und da doch, was ich vor Jahren geschrieben habe, mein Eigentum ist – unbestreitbar mein Eigentum, und da Sie mir doch nicht feindlich gesinnt sein können, denn ich habe Sie ja nie beleidigt – warum wollen Sie mir den Gefallen nicht erweisen, warum mich und noch mehr Ihren Vater unglücklich machen? Lasser liebt mich, ich weiß es, von ganzem Herzen.«

»Das ist seine Sache. Das geht mich nichts an.«

»Sie weigern sich also.«

»Ja. Reinhold weiß, weshalb er gerade mir die Briefe schickt. Mein Vater könnte sie aus Liebe zu Ihnen unterdrücken. Wenn ich sie ihm aber bringe, darf er es nicht – verstehen Sie – wagt er es nicht!«

Beide Frauen standen sich mit funkelnden Augen gegenüber und starrten sich sekundenlang an, als mäßen sie ihre Kräfte.

Und so fand sie Lasser, der, als er Thessa in ihrer Wohnung vergeblich erwartet und vergeblich auf der Promenade gesucht hatte, mißmutig heimgekehrt war.

Er begrüßte die Damen in ziemlicher Verwirrung. »Auf eine so freudige Überraschung war ich nun allerdings nicht gefaßt,« sagte er, es vermeidend, Marianne anzublicken. »Nun, ich hoffe, Fräulein Minden, Sie haben sich mit meiner Tochter bereits recht intim befreundet. Ja es freut mich, daß Sie diesen Schritt taten. Marianne ist ein wenig steif –«

»Du erlaubst wohl, Papa, daß ich gehe,« unterbrach ihn die junge Frau. »Fräulein Minden ist mit einer Bitte zu mir gekommen, über die sie am besten gleich mit dir reden kann ... Ich empfehle mich, Fräulein!« Und sie verneigte sich vor ihrem Gast und verließ das Zimmer.

Konrad Lasser sah seine Braut halb ärgerlich, halb belustigt an. »Du foppst mich ja recht ausgiebig,« lachte er. »Während ich nach dir suche, bist du bei uns ... Übrigens scheint ihr euch beide nicht gut vertragen zu haben. Du, das tut mir leid. Hättest du mir von deiner Absicht gesagt, hätt' ich dir ein paar Verhaltungsmaßregeln gegeben ... Das Mädel war immer so sensibel. Und nun gerade dir gegenüber ... Wie konntest du auch nur, ohne mich zu fragen –! Ich erzählte dir bis jetzt nichts davon, weil es keinen Zweck hatte und ich solche Dinge nicht gerne anführe, aber –«

»Aber?«

»Na – sie hat den – den Reinhold sehr gern gehabt.«

Die Schauspielerin zuckte zusammen. Nun wurde ihr mit einem Male Mariannes Benehmen verständlich, und nun erkannte sie, daß die Partie verloren war. »Reinhold ist wieder in Berlin,« preßte sie hervor. »Und – und er will nicht, daß wir uns heiraten. Er hat mir gedroht.«

»In Berlin? Lächerlich, lächerlich! Wer hat dir den Unsinn vorgeredet?« flüsterte Lasier erschrocken. »Um Gottes willen, rede nur nicht hier davon ... Wie kannst du mich nur so ... Nein, das ist ja ganz unmöglich. Du siehst Gespenster, Kind. Bist du ihm denn selber begegnet?«

»Ich nicht ... aber deine Tochter Marianne. Von ihr weiß ich's. Aber ich weiß es auch sonst. Und sieh mal, Konrad – damals, als er –«

»Laß das, laß das – ich vertrag' das nicht, du weißt. Es war eine kindische Tändelei – du hast dir nichts zuschulden kommen lassen, hast immer an mich gedacht und warst froh, als er dich freigab –«

»Ja.« Ein verächtlicher Zug krümmte ihre Mundwinkel, Hohn über den närrischen Alten, der sich so leicht betrügen ließ und so gern eine schmeichlerische Lüge glaubte. Und wie sie die verzückten Blicke sah, mit denen er ihre reizende Gestalt und ihr bleich gewordenes Gesicht musterte, da entschloß sie sich, einer plötzlichen Eingebung folgend, zu einer Generalbeichte.

»Konrad,« hauchte sie. »Du, ich liebe dich so sehr. Glaubst du das?«

»Mein holder Liebling!« Und er umfaßte sie innig und küßte sie.

»Ich bin zur Vernunft gekommen – ich war ein törichtes, leicht verführtes Kind damals. Und siehst du – Reinhold verstand es, sich meine Unerfahrenheit zunutze zu machen, und –« Sie errötete heftig.

Er ließ sie los, furchtbar erschrocken, fast unfähig, ein Wort zu sagen. »Was – was heißt das?«

O die Briefe, die Briefe, in denen sie sich verraten hätte, die zermalmendes Zeugnis ablegen würden wider sie ... Diese Briefe, darin sie sich über den eifersüchtigen Alten lustig gemacht und ihn mitleidlos verspottet hatte, um den jüngern, gebefreudigeren Liebhaber zu beruhigen! Diese Briefe, deren allzu vertraulicher Ton oft nur eine Deutung zuließ ... Sie besann sich schnell eines Besseren. Wenn die Beweise erst da waren, blieb ihr immer noch Zeit, die Waffen zu strecken.

»Nun, das hab' ich dir ja schon oft erzählt!« schloß sie hochaufatmend.

»Und weiter nichts? Ich dachte wahrhaftig –.« Sein Mißtrauen war rege geworden, und er verstand es nicht zu verbergen. Ganz gegen seine Gewohnheit ließ er sie, die er eifersüchtig hütete, diesmal den Weg nach Hause allein antreten, und dann sperrte er sich in sein Arbeitszimmer ein, wo er in gedankenloses, dumpfes Brüten versank.

Reinhold in Berlin ... Und sie fürchtete seine Enthüllungen, wollte ihnen vorauskommen, besann sich aber noch rechtzeitig ... Reinhold in Berlin! Nun wußte er, was ihn alle die Tage geängstigt und gequält hatte – wie ein Phantom, dessen Gegenwart man ahnt, das mit uns zu Tisch sitzt, uns bei der Arbeit über die Schulter sieht und durch die Scheiben unseres Schlafgemaches grinst ... Der Verlorene wieder in der Heimat!

Konrad Lasser erhob sich schwerfällig, um zu seiner Tochter zu gehen.

V.

»Hast du's deinem Vater nun gesagt?« fragte Heinrich, als er am Abend zurückgekommen war, seine Frau. »Du darfst es nun aber nicht länger aufschieben. Jede Stunde ist jetzt wichtig, wichtiger, als du ahnst. Wenn mir niemand hilft, nicht einmal du – ich weiß nicht, Mieze, was ich dann tue. Ich bin verzweifelt. Ich kann nicht mehr aus noch ein,«

Marianne sah ihn mit starren Blicken an. In ihrem Hirn wälzte sie Tag und Nacht finstere Gedanken, und alle klangen aus in einen Akkord, in die Klage um ihr verlorenes Glück. Ihren Vater, der nicht aus streng rechtlichen Beweggründen, sondern aus niedriger, greisenhafter Eifersucht seines Bruders Kind in die Fremde, ins Verderben gestoßen hatte; ihren Mann, dem es mit des Vaters Hilfe gelungen war, sie zu dieser freudlosen, kühlen Ehe zu überreden – wie sie die beiden nun haßte! Jeder von ihnen heischte sein gerüttelt Maß von den Freuden des Lebens, war nicht gesonnen, heldenhaft Verzicht zu leisten; jeder suchte Unterstützung und Trost bei ihr, die doch wahrlich keinen Grund hatte, ihnen dankbar zu sein. Und sie selbst sollte vom Paradiese ausgeschlossen bleiben. War ihr Rechtstitel auf Glück minder gültig als der dieser beiden? Und war keine Verschiebung der Verhältnisse denkbar, die ihr den Weg zum Glücke bahnte?

Alle diese Vorstellungen und Wünsche schwebten schattenhaft durch ihre Seele, während Heinrich zu ihr sprach. Und seine Worte: »Ich weiß nicht, was ich dann tue« erweckten, weit entfernt davon, sie zu erschrecken und anzuspornen, eine verbrecherische Hoffnung in ihr – eine Hoffnung, deren sie sich in der nächsten Sekunde freilich bitterlich schämte. Aber sie fühlte jetzt klarer als vorher, daß eine fremde Macht von ihrem Innenleben Besitz ergriffen hatte, und daß allzubald ihre Empfindungen beherrschen würde, was sich heut' erst schüchtern und heimlich regte. Ein Gefühl wie Furcht vor sich selbst überlief sie, und sie zwang sich, dem Gatten ein freundliches Gesicht zu zeigen.

»Papa ist in furchtbarer Laune. Es hat ihm jemand Mitteilungen über seine Braut gemacht, die ihn aufs äußerste verstimmen – ich hab' ihn nie so gesehen, und ich wagt' es nicht, ihm zu alledem auch noch von deinem Mißgeschick zu erzählen.«

»Diese Schauspielerin? Hab' ich's nicht gesagt!« rief Heinrich mit schlecht verhohlener Schadenfreude, »Ich wußte, daß sie dem alten – na, entschuldige – daß sie deinem Vater Malheur bringen würde. Diese Art Frauenzimmer – – ach, wie ist das alles ekelhaft.«

»Du warst doch anfangs sehr einverstanden mit Papas Wahl!«

»Anfangs, anfangs! Ich tat so, um den Frieden nicht zu stören. Aber angenehm kann es uns doch wahrhaftig nicht sein, daß sich neue Erben eindrängen! Und dann lag vor Beginn des Streiks die Sache noch anders als jetzt. Dein Vater ist an dem ganzen Unglück schuld. Er hat sich schon lange nicht mehr so um die Fabrik bekümmert, wie's seine Pflicht gewesen wäre. Das Weib, das vermaledeite, steckte ihm eben im Sinn. Gott, er kann mir ja eigentlich leid tun, er ist so sehr in sie vernarrt, und ich wollte ja ganz gern alle Arbeit auf mich nehmen, wenn er mir nur *plein pouvoir* gäbe. Aber so ist man wie ein Schuljunge. Hätt' ich die Breslauer Geschichte damals mit ihm besprechen können – aber dazu war ja keine Aussicht. Und so riskierte ich's dann auf eigene Faust, und nun – nun sitzen wir da. Und nicht einmal jetzt hat er Zeit und Laune für so wichtige Fragen.«

»Du bist sehr ungerecht. Du trägst doch allein alle Schuld.«

»Nicht wahr! Jawohl, klage mich nur an, verhimmele deinen Vater! Ich habe meine Pflicht zu jeder Stunde getan, und wenn ich in Breslau selbständig vorging, so geschah's doch nicht meinetwegen, sondern dem Geschäft zuliebe ... Nun gut, wenn du zu feige bist, sag' ich's ihm selber. Einmal muß Klarheit geschaffen werden. Und was kann er mir denn schließlich anhaben – du bist ja seine Tochter!«

Als Lasser aber mit finsterer Miene ins Zimmer getreten war und sich nach kurzem Gruß abseits in eine Ecke gesetzt hatte, anscheinend um seine Zeitung zu lesen, in Wahrheit jedoch, um finsteren Gedanken ungestört nachhängen zu können, verlor Martiensen allen kecken Mut und begnügte sich damit, dann und wann eine gleichgültige Frage an seine Frau zu richten. Marianne musterte verstohlen die beiden Männer, die Heiterlinge, die nun unter kleinen, fast lächerlichen Sorgen zusammenbrachen und es so wenig verstanden oder verstehen wollten, sich zu bezwingen. Und sie dachte, wie doch so überlegen das Weib in dieser Beziehung ist, wie es zerschmetternden Schmerz und alle Lebensfreude vergiftenden Kummer geduldig zu tragen und zu verbergen weiß. Bis der Tag kommt, da es unter der Last zusammenbricht ...

»Im Geschäft ist nichts von Bedeutung vorgefallen?« erkundigte sich Lasser endlich gleichgültig.

»Nein. Die Breslauer mahnten durch eingeschriebenen Brief und Telegramm. Sie sind in tödlicher Verlegenheit. Sie schreiben, es ginge doch sie nichts an, daß wir Streik oder sonst etwas hätten; dergleichen Lohnzwistigkeiten zu schlichten wäre Sache der Fabrikanten, die Kunden dürften nicht darunter leiden.«

»So? Sehr schlau. Uns ist es auch egal. Wenn sie in dem Ton reden, gerade nicht. Sie sollen sich ihre Maschinen bauen lassen, wo sie wollen.«

»Der schöne Auftrag –«

»'s ist um manchen Muttersohn schade. Zwingen können sie uns ja zum Glück nicht. Sehen Sie, Martiensen, das ist das Gute, wenn man sich nie zu etwas Bindendem verpflichtet; kein Mensch, und hätte er die schärfsten Augen, kann auch nur einen halben Meter weit in die Zukunft schauen.«

Martiensen schwieg. Es gärte und kochte in ihm, all die aufgespeicherte Wut rang nach Ausdruck, wollte sich entladen, aber er war doch nicht mutig genug zur Rebellion. Und so versuchte er denn, sich auf einem anderen Gebiete an seinem Schwiegervater zu rächen, ihn an einer Stelle zu treffen, wo er leicht verwundbar war. Selbst diesen stillen und gutmütigen Menschen hatte die Aufregung der letzten Wochen und die nagende Qual, die ohnmächtiges Ankämpfen gegen Schicksalsmächte verursacht, so in seinem Wesen verändert, daß es ihm Freude bereitete, zu kränken und anderen ähnliche Pein zu schaffen, wie er selbst erduldete.

»Wie geht es Fräulein Minden?« erkundigte er sich ganz unvermittelt, mit auffälligem Interesse. »Ich habe sie lange nicht gesehen.«

Der Fabrikant fixierte seinen Schwiegersohn einen Moment lang sehr scharf, worauf er sich an Marianne wandte. »So verschwiegen könnt ihr Weiber doch gar nicht sein. Du hast doch zweifellos Heinrich schon erzählt –.«

Es machte ihr Vergnügen, die Verstimmung zwischen beiden Männern zu schüren. »Gewiß hab' ich ihm alles erzählt.«

»Und warum fragen Sie mich dann, Herr Martiensen? Ich finde solche Scherze sehr unpassend, um nicht zu sagen, albern.«

»Herr Lasser!« Heinrich war aufgesprungen. Marianne folgte der Entwicklung des Kampfes mit gespannter Aufmerksamkeit.

»Was beliebt? Ich hoffe, daß Sie ein anderes Mal zu berücksichtigen wissen, was Sie mir schuldig sind. Es steht Ihnen wahrhaftig schlecht zu Gesichte, an der Verdrießlichkeit, die mich betroffen hat, noch Ihren Spott zu üben. Wenn Sie das nicht selbst erkennen –«

Heinrichs Kampflust war schon wieder verflogen. Er empfand, wie unverantwortlich töricht er handelte, wenn er den Alten reizte, und er wußte zu gut, wie lange Lasser Beleidigungen nachtrug. »Sie haben mich ganz mißverstanden,« beeilte er sich zu erwidern. »Es lag mir daran, aus Ihrem eigenen Munde zu hören, was Marianne nur obenhin angedeutet hatte. Es ist doch selbstverständlich, daß ich lebhaften Anteil an Ihrem ... hm.«

Es war gut, daß Martiensen nicht das höhnisch verächtliche Lächeln sah, daß die Züge seiner Frau verzerrte.

»Ihr Interesse ist mir angenehm, aber Sie würden mich doch recht verbinden, wenn Sie sich um meine persönlichen Angelegenheiten weniger genau kümmern wollten«, unterbrach Lasser seinen Teilhaber. »Es genügt, wenn sich einer ärgert. Und ich bin wirklich nicht in der Laune, diese unerquickliche Affäre noch einmal breitzutreten« –

Man hörte Stimmen im Entree und auf der Treppe, wie flüsternde Unterhaltung einer größeren Anzahl Männer. Lasser blickte auf seinen großen Chronometer und sagte zu Marianne, die ihn erstaunt fragend ansah: »Ich vergaß ganz, euch davon in Kenntnis zu setzen – die Arbeiter haben mich um eine Unterredung gebeten, und ich habe sie ihnen für diese Stunde bewilligt – weil ich tags über außerm Hause zu tun hatte.«

»Die Arbeiter?« Marianne fühlte, wie ihr das Blut siedend heiß in die Wangen stieg; ihr Herz pochte plötzlich so laut und ein Schwindel überkam sie, daß sie sich wie erschöpft an die Wand lehnte. Nun würde auch er kommen, unerwartet ...

Sie warf einen schnellen Blick in den Spiegel und strich ihr glänzendes blondes Haar zurecht. Heinrich, der sie beobachtete und sich von der Überraschung wieder erholt hatte, lachte belustigt auf. »Du machst Toilette für die Kerle, Mieze? Sieh mal einer an! Die werden sich ja kolossal geehrt fühlen.«

Marianne erwiderte nichts, denn sie mußte mit Recht befürchten, sich durch ihre fieberhafte Erregtheit zu verraten. Sie machte den Versuch, in Heinrichs Lachen einzustimmen, und als der Vater bemerkte, daß die bevorstehenden Verhandlungen ihre Gegenwart wohl kaum erforderten, neigte sie nur leicht das Haupt und begab sich ins Nebenzimmer.

Und da löste sich die furchtbare Spannung ihrer Seele. Sie sank vorm Diwan zusammen, schlug die Hände vor das Gesicht und weinte in sich hinein. Minuten vergingen so. Drinnen ward Stimmenlärm laut, verworrenes Reden, ein fast leidenschaftliches Durcheinander. Sie lauschte. Zwar vermochte sie Reinholds Stimme nicht zu erkennen, aber sie glaubte doch Gewißheit zu haben, daß er sich unter der Schar befand, sich nun mit dem Vater auseinandersetzen würde. Und durch die nächtige Finsternis ihres Herzens schwebte wie ein bunter Falter ein froher Gedanke ...

»Sie haben Ihren Führer zu Hause gelassen,« redete der Fabrikherr die Deputation an, deren Mitglieder ihm sämtlich als tüchtige und verständige Arbeiter gut bekannt waren. Es tat ihm wohl, schien ihm ein Zeichen von Ehrerbietung, daß man gerade die älteren Leute gesandt hatte, nicht die leicht erregbaren und zu Ausschreitungen geneigten jüngeren. »Ich hoffe, Sie werden sich überhaupt von den Verhetzern freimachen oder haben es schon getan –

dann soll's uns nicht schwer fallen, zu einer Einigung zu kommen. Na also, Pfeiffer, schießen Sie los. Was haben Sie uns zu sagen?«

»Diss' vor allen Dingen, daß der Kowalski sich geweigert hat, mitzugehen, und wir haben ihn doch sehr darum gebeten – wir könnten das alles ebensogut erledigen wie er, meente er, und wären daderzu mit Ihnen besser bekannt und mit die inneren Verhältnisse. Er hat ja so unrecht nich, und überhaupt, der weeß, wat er will. Een Verhetzer is er nich. Er sagt ooch, det Sie uff unsere Bedingungen eingehen werden.«

»rsaquo;Eingehenrlsaquo; wäre das richtige Wort, aber so oft ich in meinem Leben auch schon eingegangen bin, diesmal nicht«, spaßte Lasser. »Das muß ja ein Allerweltsmensch sein, Ihr Kowalski. Schlimm genug, daß meine Arbeiter sich aufwiegeln lassen, so vernünftige Kerle wie Sie, und noch schlimmer, daß Sie sich ein wildfremdes Subjekt zum Führer wählen,«

»Da drüber wollen wir uns man lieber nich unterhalten, Herr Lasser,« entgegnete der Sprecher unter dem beifälligen Gemurmel seiner Freunde. »Die Sache is die. Wir können es ja noch ganz jut 'ne hübsche Weile lang aushalten, der Kowalski hat Jeld genug beschafft. Aber sehen Sie, Herr Lasser, man will ja doch schließlich ooch nich am Ende een Vierteljahr lang uff de Bärenhaut liegen und sich von andere ernähren lassen. Denen hacken die paar Jroschen ooch nich so dicke, na, und überhaupt –«

»Also?«

»Nu läßt Ihnen Genosse Kowalski also diss' bestellen, und meine Kollejen sind Zeugen. Sie willigen vom nächsten Montag ab in die verlangte Lohnerhöhung, maßrejeln keenen von uns, und die Fabrikordnung muß von 'ne Kommission revidiert werden, wodrin sie beede und zwee von uns Jewählte und een Schiedsmann sitzen. Nich wahr, so sagte er doch.«

»Jenau so«, erklärte sein Nebenmann.

Lasser lachte abermals, während Heinrich in nervöser Unruhe hin und her lief.

»Leute,« sagte er hastig, »nehmt doch Vernunft an. Auf solche Bedingungen können wir doch nicht eingehen. Was den Lohn anbelangt, so wollen wir ja unser Möglichstes tun –«

»Ich bitte doch, Herr Sozius!« unterbrach ihn Lasser. »Nichts wollen wir tun. Gar nichts. Entweder, sie unterwerfen sich, in allen Punkten, oder die Fabrik bleibt geschlossen. Damit basta. Es ist 'ne Frechheit, mir solche Bedingungen ... na, ich will mich nicht ärgern. Dafür ist die Sache doch viel zu komisch.«

»So unjefehr hat uns Kowalski jesagt, det Sie zuerst reden würden«, fuhr der Alte siegesgewiß fort. »Aber nachher ... Paul, wie hat der Kowalski jesagt? Du hast ja'n bessern Kopp als ick dafor. Sag' et du Herrn Lasser, aber Wort für Wort, verstehste.«

»Dem Herrn Lasser nicht, dem Herrn Martiensen sollen wir's sagen,« erwiderte der Angeredete, ein klug blickendes und sehr gewählt sprechendes Männchen. »Kowalski meint, Herr Martiensen würde schon wissen, weshalb Sie nachgeben müßten – wegen des Geschäftes mit Breslau. Weiter nichts.«

Die Arbeiter beobachteten gespannt den Eindruck, den die Worte ihres Redners auf die Fabrikherren machten; sie erwarteten ganz offenbar mit fast abergläubischer Bestimmtheit zerschmetternde Wirkung davon. Und in der Tat, sie sollten sich in ihrer Hoffnung nicht betrogen sehen. Martiensen taumelte, als hätt' er aus dem Hinterhalte einen Schuß ins Herz empfangen; leichenblaß war sein Gesicht, und nur einige unverständliche Laute rangen sich aus seiner Kehle. Konrad Lasser blickte seinen Mitarbeiter verständnislos an. Pfeiffer aber rieb sich vergnügt die derben Hände, und seine Genossen flüsterten miteinander.

»Was soll das heißen?« fragte der Fabrikant neugierig. »Wollen Sie mir nicht erklären, Herr Sozius –«

»Gehen Sie auf einen Augenblick hinaus«, wandte sich Martiensen, der mit Mühe seine Haltung wieder gewonnen hatte, an die Werkleute. »Lassen Sie uns einen Augenblick allein.« Er wischte den Schweiß von der glühenden Stirne. »Gehen sie. Wir – wir wollen über eine Antwort beraten.«

»Was ist das?« fragte Konrad erschrocken. »Mein Gott, was haben –«

»Gehen Sie, gehen Sie doch!« drängte Martiensen den letzten, Zögernden zur Tür hinaus.

Der Mann gehorchte schweigend, siegessicher. – –

Zehn Minuten später war der Streik beendet, sämtliche Forderungen der Ausständigen waren bewilligt. Kowalski hatte recht behalten.

VI.

Nun rauschten und brausten in den mächtigen Fabrikgebäuden hinter der Villa Lasser die Maschinen wieder, dröhnten und klapperten rastlos vom frühen Morgen bis in die Sommernacht hinein, als hätten sie viel Versäumtes nachzuholen. Aber im Hause selber blieb es stumm. Der Vater hatte seine Verbindung mit Fräulein Minden gelöst; waren ihm doch handgreifliche Beweise dafür geliefert worden, daß sie ihn betrogen und verhöhnt hatte in jenen düsteren Jahren, die er längst begraben wähnte und deren Schatten nun wieder unheilbringend aufstiegen. Seinem Schwiegersohne gegenüber war er ein ganz anderer geworden. Es gab kein vertrauliches Wort mehr zwischen beiden; ihr Verkehr beschränkte sich auf die Geschäftsstunden, und ihre Unterhaltungen drehten sich allein um Gegenstände, die die Fabrik betrafen. Lasser hatte die Machtvollkommenheiten Martiensens dazu so beschnitten, daß dem Jüngeren keine Gelegenheit mehr geboten war, selbständig zu wirken, und Heinrich, den dies Mißtrauen um so tiefer kränkte, als er wohl fühlte, daß es verdient war, tat trotzig nichts, den alten Herrn versöhnlicher zu stimmen. Der hauste nun im zweiten Stockwerk der Villa, das er nach dem Streik für sich hatte einrichten lassen, und blieb tagelang allein in seiner Einsamkeit. Der stolze, selbstbewußte und lebensfrohe Mann war aus gewohnten Gleisen so weit hinausgeschleudert, so tief gedemütigt worden, daß er sich nur langsam wieder fand. Unerträglicher Druck lastete auf dem Hause, und mit jedem Tage ward die Entfremdung zwischen den einzelnen Gliedern der Familie größer. Marianne hatte sich daran gewöhnt, ihren Mann mit gleichgültigen, ja feindseligen Blicken zu betrachten, und Heinrich, der in seiner ohnehin gereizten Stimmung ihre Lieblosigkeit doppelt empfand, vergalt Gleiches mit Gleichem. Die junge Frau dachte nicht daran, wie unrecht und verkehrt sie handelte, versenkte sich viel mehr immer tiefer in ihre gefährlichen Lieblingsträume, in süßselige Erinnerungen, und immer glänzender trat das lichtumwobene Bild des Jugendgespielen vor sie hin. Das Geheimnis, worin er sich hüllte, die Wucht, mit der er gleichsam aus den Wolken seine vernichtenden Schläge geführt hatte, fesselten ihre Einbildungskraft mit magischer Gewalt, erhitzten ihre Leidenschaft für den Verschollenen und doch so Nahen zur Weißglut. Sie sann auf Mittel und Wege, ihm zu begegnen. Sie schrieb wiederholt an ihn, obwohl er nie, sei es auch nur durch ein Zeichen, antwortete; sie wagte es einmal sogar, durch die Straßen, worin er wohnte, zu schlendern – ohne ihm zu begegnen. Und weil sie wußte, daß diese neuerwachte, täglich wachsende, törichte Liebe ein Verbrechen war, das sie ängstlich vor den Augen ihrer Angehörigen verbergen mußte, ward ihr Haß und ihr Grimm wider sie immer wilder. Nur mühsam hielt sie an sich, ihnen nicht in wütenden, flammenden Worten vorzuwerfen, was sie an ihr gesündigt hatten, sie offen verantwortlich zu machen für die Katastrophe, die im Anzug war, wie ein Gewitter niedergehen mußte über dies Haus des Unglücks und des Unfriedens. Mehr als einmal war sie entschlossen, vor den Vater zu treten und Befreiung aus den quälenden Verhältnissen zu verlangen. Der Gedanke einer Scheidung von Heinrich beschäftigte sie unablässig. Sie wußte wohl, daß er sie trotz alledem zärtlich liebte, in seiner Art, aber sie wußte auch, daß er einer Lösung ihrer Ehe keine unübersteiglichen Hindernisse in den Weg legen würde.

In der Frühe eines goldenen Sonnentages saß sie, wie das ihre Gewohnheit geworden war, verträumt am Fenster, dann und wann einen flüchtigen Blick auf den Vater werfend, der um diese Stunde seinen Morgenspaziergang im Garten machte. Es setzte sie einigermaßen in Erstaunen, daß er plötzlich unter ihrem Fenster stehen blieb, hinaufgrüßte und winkte. Sie bequemte sich dazu, ihm einen guten Tag zu bieten.

»Komm einmal herunter, Mieze«, sagte er dann. »Ich habe etwas mit dir zu besprechen – etwas Wichtiges.« Für sie gab es in allen diesen Tagen nur ein Ding von Wichtigkeit, und als sie seine Worte hörte, wußte sie, daß es sich nur um dies eine handeln konnte. Nach wenigen Minuten war sie im Garten und ging an seiner Seite.

»Ich habe heute nacht einen seltsamen Traum gehabt«, begann er, mit seinem Spazierstock Kreise in den Kies zeichnend. »Reinhold war drüben in der Fabrik, jung und frisch wie ehemals. Das heißt, ein fremder Reinhold, ein Doppelgänger. Der eigentliche blieb draußen, lief vorm Tor auf und ab, wagte sich aber nicht hinein. Ein närrischer Traum.«

»Ja, ja«, erwiderte sie stockend. Es wunderte sie, daß er den verhaßten Namen so ohne jedes Zeichen des Widerwillens aussprach.

Konrad schwieg eine Weile, und sie hörten beide das leise Summen des Morgenwindes, den frohen Jubel der Finken im Gezweig.

»Wir richten uns zugrund' auf diese Weise, Mieze,« sagte der Vater. »Es wird täglich dunkler und unheimlicher hier; es steht jemand zwischen uns und nimmt uns Luft und Licht. Vielleicht beschwören wir das Gespenst, wenn wir es mutig beim Namen nennen. Und ich will meine Tage nicht in Haß beschließen. Ich habe mir mein Alter anders gedacht, Mieze.«

Sie öffnete die Augen weit und schloß sie, wie trunken vor Glück und zitterndem Hoffen. »Wie denn, Papa?«

»Du weißt, wo er wohnt – nicht wahr?«

Sie nickte nur.

»Daß es so gekommen ist, Kind, glaube mir, ich trage keine Schuld daran. Wenigstens keine Schuld, die ich bewußt auf mich genommen hätte. Es war mein Lieblingswunsch und auch der deines seligen Onkels, daß Reinhold und du –«

»Laß das, laß das!« unterbrach sie ihn hastig, purpurrot im Gesicht. In diesem Augenblick deuchte es sie eine Entweihung, daß andere als sie selbst dem wonnigen Gedanken nachhängen wollten. »Solche Wünsche sind jetzt etwas deplaziert, Papa – und du hast mich ja auch so recht gut verheiratet.« Die höhnische Bitterkeit ihres Tones entging ihm nicht, aber er tat, als hätte er sie überhört.

»Ich will mit Reinhold sprechen,« sagte er langsam, vor einer prachtvollen Buche stehen bleibend und mit dem Finger die Buchstaben nachziehend, die in den Stamm gegraben waren. »M und R, zierlich verschlungen – er hatte viel Geschick für solche Spielereien. Ja. Ich glaube, er wird die Schule des Lebens drüben hinreichend durchgemacht und wird ausgetobt haben, Mieze. Es ist doch gut, daß wir uns mit ihm versöhnen, ehe ich sterben gehe. Ich will zu ihm.«

»Er ist stolz und unbeugsam, Papa – und gerade jetzt, wo er so tief im Elend ist, wird er dich nicht sehen wollen. Laß es mich vermitteln, liebster Papa – ach bitte.«

»Du weißt, wo er sich aufhält? Du willst ihm schreiben – gut, schreib' ihm, daß er kommen möge.«

Sie hütete sich wohl, zu sagen, daß sie ihn bereits drei-, viermal eingeladen hatte, und daß er trotzdem nicht gekommen war. Sie hatte bereits einen Plan fertig, einen kühnen Überrumpelungsplan. »Ja, ich will ihm noch heute schreiben.« Plötzlich senkte sie das Haupt. »Und Heinrich?« preßte sie scheu hervor.

»Heinrich, Heinrich – was geht mich Heinrich an!« grollte Lasser. »Sie werden sich vertragen müssen. Ich hab's satt. Bin ich erst einmal tot, braucht er doch jemanden, der ihn leitet. Und es ist mir zu unheimlich in diesem Hause, so still, so ... Er wird Unruhe mitbringen, paß auf. Er wird die Fabrik groß machen, ja, ja. Was geht mich Heinrich an!«

»Aber mich, Papa, aber mich –«

»Dich?« Und von dem Klang ihrer Stimme seltsam berührt, trat er ihr einen kleinen Schritt näher. »Aber Marianne, du wirst doch nicht etwa –«

Und da warf sie sich aufschluchzend in seine Arme, und ihr Mund, den sie dicht an sein Herz gepreßt hatte, flüsterte: »Ich liebe ihn, Vater, ich liebe ihn noch – immer werd' ich ihn lieben und hab' ihn immer geliebt ... o mein Gott –«

VII.

Sie stand hochaufatmend vor der schmutzigen, rissigen Kammertür still, auf die mit weißer Kreide der Name »Kowalsky« geschrieben war, und zwang sich mit Macht zur Ruhe. Niemand wußte daheim, daß sie diesen Besuch gewagt ... Niemand hatte ja eine Ahnung, daß er sich hier versteckt hielt – nur sie wußte es, sie allein in der Welt. Und nun wollte sie ihn zurückführen, den verwunschenen Königssohn, in das Haus seiner Jugend, in die Arme des Vaters, daß er wieder aufsteigen konnte zur Höhe, für die er geschaffen war ... Sie verlangte nichts für sich. Sie würde sich zu beherrschen wissen, sich daran genügen lassen, ihn um sich zu sehen, ihn fördern zu können. Alle anderen Träume waren eitle, unerfüllbare Torheiten, deren sie sich entschlagen mußte. Und nun ihr der Vater wieder zur Seite stand, nun ihr schwaches, begehrliches Herz doch wenigstens einen Menschen hatte, bei dem es Trost und Frieden suchen konnte, würde sie, wenn auch nur langsam, Heilung und Vergessen finden ... Das alles überdachte sie, während sie vor der Tür stand, hinter der er diese ganze Zeit über rachebrütend, ein Würgengel, gekauert hatte. Und als ihr heftig schlagendes Herz, ihre zitternden Hände zur Ruhe gekommen waren, pochte sie leise – ganz leise. Sie kam sich jetzt, in ihrer selbstlosen, wunschlosen Liebe, wirklich wie eine gute Fee vor, die ausgeht, Feinde zu versöhnen. Wie eine Fee ... Sie lächelte über diesen anmaßlichen Vergleich.

Auf ihr Pochen gab niemand Antwort. Mit wie ängstlicher Spannung sie auch lauschte, ihr feines Ohr vernahm kein Geräusch sich nähernder Schritte. Totenstill alles. Und seltsam – sie wußte nicht, woher ihr der gespenstische Gedanke kam – plötzlich war ihr zumut, als stehe sie vor einem geschlossenen Sarge und klopfe an und sei im Begriff, den Deckel aufzuheben, darunter der Tote schlummerte. Ihr Toter, Reinhold Lasser –

»Pfui!« schalt sie ärgerlich sich selbst – »wie feige! Ganz wie Heinrich!« Und als sie sich so Mut gemacht hatte, drückte sie auf die Klinke, die laut knarrte.

Jemand kam mit schleppenden Schritten heran, langsam, langsam; der Riegel kreischte. Sie schloß ein paar Sekunden lang wie betäubt die Augen; sie fühlte, daß sie am ganzen Leibe bebte.

Der Mann vor ihr musterte sie aufmerksam, dann umflog ein eigentümliches Lächeln seinen Mund. – »Du bist es, Marianne?« sagte er. »Ich wußte, daß du kommen würdest. Es ist wie mit Mohammed und dem Berge. Aber du warst immer so. Was bringst du mir?«

Sie horchte verzückt aus den Klang seiner Stimme – es war ihr wie ein Märchen. »Reinhold!« flüsterte sie, »Reinhold!« und streckte ihm beide Hände entgegen. »Sie sind noch kleiner geworden, als sie früher schon waren,« meinte er galant, ihre Finger leicht berührend. »Wenn du für ein paar Minuten näher treten willst – auf besondere Opulenz darfst du freilich nicht rechnen, aber hier zwischen Tür und Angel ist es doch ungemütlich.« Er sperrte die Türe weit auf. Dumpfer Geruch, leichter Branntweindunst schlug ihr entgegen.

Es sah liederlich und armselig genug in dem niederen, kalkgetünchten Raume aus, aber ihn schien es nicht zu genieren, so wenig ihn die mehr als dürftige Kleidung genierte, die er trug. Er bot seiner Cousine einen Stuhl an, nachdem er allerlei Gerümpel von ihm heruntergeworfen hatte, und ließ sich ihr gegenüber auf einen Schemel nieder. Ihr ward seltsam beklommen zumute. Sie hatte sich das Wiedersehen doch ein wenig anders vorgestellt. Und nun tat er so burschikos, sprach und lächelte so oberflächlich, als wäre gar nichts vorgefallen, als lägen nicht fünf lange, bange Jahre voller Qual und Leid für sie beide zwischen ihnen.

Wie ein Sonnenstrahl über sein Antlitz lief, wagte sie es, ihm zum erstenmal wieder voll ins Gesicht zu blicken. Sie erschrak heftig, so verwüstet und bleich sah er aus. Wenn die funkelnden Augen nicht gewesen waren, die ihren saphirenen Glanz bewahrt hatten, und das leichtfertig bezaubernde Lächeln um diesen feingeschnittenen Mund, Marianne würde ihn kaum wieder erkannt, würde sich vielleicht vor ihm gefürchtet haben. Dieser Mensch hier – nein, das war nicht der Held ihrer Träume. Nicht der Triumphator, den eigene Kraft aus der Niederung erhoben hatte, darin er, sich vergessend, lange Zeit gewandelt war. Jeder Zug dieses Gesichtes spiegelte die verwegene, freche Seele, verriet selbstzufriedenen Stolz, unversöhnlichen Trotz; es war das Gesicht des Freien, Wilden, der sich von allen Pflichten losgelöst, die Maske abgeworfen hatte und zynisch sich selbst lebte.

»Du prüfst mich sehr genau, Marianne – ja, ich habe mich ein wenig verändert,« meinte er gleichmütig. »Aber nicht zu meinem Nachteil – höchstens im äußeren Habitus. Ich sag' dir, es lebt noch eine Tatenlust in mir, und eine Sehnsucht ... laß mich nur aus diesem Jammer heraus sein –«

»Du bist schon lange in Berlin, Reinhold?« fragte Marianne.

»Einige Monate. Und es geht mir recht gut. Ich fühle mich sehr wohl. Ich habe immer lohnende Beschäftigung gehabt.«

»Lohnende?«

»Ja natürlich. Ich habe nicht stehlen zu gehen brauchen. Drüben lernt man die Hände rühren, wenn schon sonst nichts. Und dieser Gewinn ist eine ganz annehmbare Entschädigung für die vielen Verluste, die man erleidet.« Er verstummte und starrte vor sich hin.

»Warum hast du denn auf meine Briefe nicht geantwortet, sag mal?« Ihr hübscher Mund verzog sich dabei zu einem reizenden Schmollen.

»Hm ... da, weißt du, einmal wollt' ich mein Inkognito wahren, und dann korrespondiert man doch nicht gern mit dem Feinde.«

»Ich – dein Feind?«

»Bildlich genommen, Cousinchen. – Aber ... aber daß ich deine Mitteilung über das Breslauer Geschäft so benutzte, das hat mir nachträglich leid getan, na ja ... im Kriege gelten schließlich alle Mittel. Du bist mir deshalb doch nicht allzuböse?«

»Wie meinst du?« fragte sie erstaunt. »Ich wußte, daß du von meinem Briefe nur den besten Gebrauch machen würdest, und ich bin dir dankbar dafür, daß du den Streik so rasch beendet hast.«

Er sah sie ganz verblüfft an. »Du dankst mir, – na aber! Das ist doch 'ne ganz wundersame Auffassung! Ich glaubte, von dir eine prachtvolle Moralpauke zu hören zu bekommen ... Du bist 'ne viel gewandtere Fechterin, als ich geahnt hätte. Ich sehe jetzt ein, es war unrecht von mir, deine Nachricht so zu verwerten ... ich sehe mein Unrecht immer ein, wenn's mir nicht vorgeworfen wird,« setzte er mit leichter Selbstverspottung hinzu. »Aber vor dir allerhand Achtung – du bist 'ne schlaue Krabbe, Cousinchen.«

»Ich verstehe dich nicht, Reinhold,« erwiderte sie verwirrt. »Papa hätte ja doch einmal von der Konventionalstrafe erfahren müssen, und Heinrich war so – so zurückhaltend, er wagte nicht, es ihm zu sagen. Da hast du's ihm mitteilen lassen, und das war gut.«

Er lachte. »Auch eine Erklärung. Ich kann mir ja denken, wie angenehm es dem Alten war, von seinen Arbeitern so etwas zu erfahren ... muß der in die Zügel geknirscht haben! Und nun – was begehren Seine Gnaden nun von mir?«

Sie sah ihn erwartungsvoll fragend an.

»Na heraus mit der Sprache!« Und er blinzelte ihr leichtfertig zu. »Laß uns doch nicht Fangeball miteinander spielen – für zwei so betagte Leutchen schickt sich das nicht mehr. Komm, sei ganz ehrlich und offen. Sag mir frei heraus, was Onkel von mir will. Ich sehe immer gern aufgedeckte Karten.«

Jetzt begriff sie, was er meinte. »Du glaubst, sie hätten mich zu dir geschickt?« fragte sie entsetzt.

Er nickte humoristisch.

»Und dessen hältst du mich für fähig?« schrie sie auf. »Du glaubst, ich käme zu dir, im Auftrage des Vaters, und sagte es nicht und täte, als käm' ich aus eigenem Antrieb? O, was mußt du von mir denken – wie niedrig! Wie erbärmlich mußt du von mir denken!«

Er zuckte die Achseln, lächelte aber nicht mehr. Dieser elementare Ausbruch war nicht erkünstelt, das fühlte er. Zuviel gekränkter Stolz, zuviel echte Leidenschaft, mit Verehrung für ihn gemischte Entrüstung über seine häßlichen Worte loderten daraus hervor. Er blickte prüfend zu ihr auf, und seine Mienen erhellten sich, als verstünde er nun erst die Schmeichelei, die für ihn darin lag, daß Marianne diesen Schritt gewagt hatte.

»Das hättest du aber nicht tun sollen, Mirjam!«, sagte er, sie bei dem alten, lieben Kosenamen nennend. »Das ist sehr unrecht. Du kannst dich ins Gerede bringen, Kleine. Na, nun bist du mal hier, und nun wollen wir die Zeit dazu verwenden, uns ernsthaft auszusprechen. Das mit der Konventionalstrafe von deinem Mann, das war doch zu dumm. Wie man so einen Kontrakt machen kann, ist mir rein unverständlich. Und dann so was dem Alten zu verheimlichen! Wenn ich Konrad wäre, dem hätt' ich's gesteckt. Aber daß du als seine Frau euerm erbittertsten Feind so ein bedenkliches Geheimnis ausplaudern kannst, das ist doch recht unvorsichtig – viel Korpsgeist scheint ihr nicht zu haben.«

»Du, unser erbittertster Feind?« fragte sie, wieder lächelnd. »Das glaub' ich nicht. Und wenn schon! Dir, Reinhold, würd' ich dennoch alles sagen, was ich weiß, auch das Ärgste. Dich kenn ich allzugut. Du bist ja gar nicht fähig, mit vergifteten Waffen zu kämpfen – ein Mann wie du! Nein, bei mir gelingt es dir nicht, dich anzuschwärzen.«

»Du überschätzest mich doch sehr,« entgegnete Reinhold unsicher. Ihr blinder Glaube an ihn entwaffnete seinen Zynismus und rief seine Eitelkeit wach. Für dies Weib also stand er noch immer auf hohem Piedestal, sie sah noch immer bewundernd zu ihm auf wie früher ... Damals hatte er diesen Zoll der Verehrung, dies Weihrauchstreuen als etwas Selbstverständliches hingenommen, aber heute sog er seinen Duft mit tiefen Atemzügen ein. Man hatte sein Selbstgefühl in den vergangenen Jahren zu oft, zu unbarmherzig mit Füßen getreten, als daß er nicht jedem hätte dankbar sein sollen, der es schonte und achtete. Vor sich selber war er ja immer noch der Halbgott von damals, der starke Übermensch, der kein Unrecht tat, sondern sich nur voll auslebte; aber die andern hatten ihm ihre gegenteilige Meinung doch allzu rücksichtslos dargelegt, ihn allzutief gedemütigt. Dank den Erfolgen der letzten Wochen war er zwar wieder emporgestiegen und durfte wieder stolz auf sich sein, wozu bei ihm freilich nicht sonderlich viel gehörte. Dennoch peinigte ihn das Gefühl, als ein Ausgestoßener, Geächteter zu gelten, dennoch litt seine Eitelkeit Höllenqualen bei dem Gedanken, daß irgend jemand auf der Welt höhnisch und mitleidig auf ihn herabblicken könnte. Marianne goß Balsam auf diese Wunde.

»Onkel hat mich zugrunde gerichtet,« hub er an, als wolle er sich rechtfertigen, »hat mich im Elend verkommen lassen – ja, bin ich denn kein Mensch wie ihr, mit Empfindungen und Nerven wie ihr? Ich weiß, du siehst beiseite und tust, als sähst du die Lumpen nicht, die ich auf dem Leibe trage, und sähst nicht, daß ich heruntergekommen bin bis zur letzten Stufe – aber ich weiß es darum doch. Indessen, ihr habt mich nicht gebrochen. Ich bin noch stark, auch in der schmutzigsten Armut. Das wollt' ich euch zeigen. Und ich hab's gezeigt,«

»Ja,« sagte sie mit leuchtenden Augen, »das hast du ihnen gezeigt.« So wie jetzt hatte ihre Phantasie sich ihn ausgemalt, und sie fühlte sich eins mit ihm, stand auf seiner Seite im Kampf gegen ihre Angehörigen.

Sie gefiel ihm ganz ausnehmend in ihrer demütigen Hingabe, und etwas von der alten, längst verwehten Neigung für sie stieg in seinem Herzen empor. »Manchmal dauert's mich doch, ich will dir's verraten, daß alles so kommen mußte. Nun, wo man einsam in der Welt steht, meist ohne einen Silbergroschen in der Tasche, wo jeder sich erdreistet, mir gegenüber den Mitleidigen und Mildtätigen zu spielen, und doch keiner ist, der es wagen mochte, mich zu unterstützen, so daß ich wieder anfangen könnte, ein Mensch zu werden –«

»Ich hätte dir gern alles gegeben, was mein ist,« sagte sie zitternd, mit leiser Stimme. »Auch Vater –«

»Laß deinen Vater aus dem Spiel!« fuhr er zornig auf. »Meinst du, ich nähme von ihm auch nur einen Wasserstrunk? Ich schwöre dir, lieber ging ich selber ins Wasser. Ich will nichts von euch. Ich brauche euch nicht. Und das ist mein Stolz.« Nachdem er ihr so seinen Standpunkt in prächtigen Worten klar gelegt und den Eindruck seiner pathetischen Deklamation beobachtet hatte, fiel er wieder in den von ihm zuerst angeschlagenen Ton zurück, der ihm ganz offenbar weit besser lag. »Nun sag mal, Kinder, wie lebt ihr denn miteinander, du und dein Mann?«

Der jähe Stimmungswechsel berührte sie peinlich, »O – wir verstehen uns ja einigermaßen. Heinrich ist freilich sehr Kaufmann. Und in den letzten Wochen, wo uns soviel Unglück traf, wo auch der Vater mit seiner Verlobung Malheur hatte – wir litten alle sehr darunter, und du bist wahrhaftig mehr als hinreichend gerächt.«

»Nicht wahr?« Er konnte es nicht unterlassen, eine Prahlrakete abzubrennen. »Ja, siehst du, das wollt' ich auch. Eine kleine Rache muß der Mensch doch nehmen. Und willst du glauben, dies Frauenzimmer, Onkels Braut, hat mir einen Brief geschrieben, worin sie mir verspricht – na, davon schweigt des Sängers Höflichkeit besser. Und so was hat man geliebt! Zu dumm! Wir beide haben uns ja auch einmal gern gehabt, Marianne, he? Aber es ging doch poetischer dabei zu.« Er lachte und schien erstaunt, daß sie so ernst blieb.

Ihr war die Kehle wie zugeschnürt. Das hätte sie nicht erwartet. Ihm galt als ein hübscher Spaß, was ihr ganzes Seelenleben ausfüllte und durchfeuerte. Woran sie im süßen Gedankenrausche nie gedacht, fiel ihr nun plötzlich ein; was sie für ganz selbstverständlich gehalten, wurde jetzt zweifelhaft – liebte Reinhold sie denn? Wer hatte ihr das Recht gegeben, als eine Tatsache zu betrachten, was doch vielleicht nur farbiges Spielzeug ihrer Einbildungskraft war? Welch eine Törin war sie, auch in der grellen Wirklichkeit des Tages den Traum noch fortträumen zu wollen! All ihr Treiben deuchte sie, in dieser trost- und hoffnungslosen Umgebung, diesem zerstörten Manne gegenüber, auf einmal so kindisch und abgeschmackt ...

»Du hast sie in der Zwischenzeit gewiß nicht entbehrt, dies Fräulein Minden?« fragte sie lauernd, krampfhaft bemüht, ihrer Stimme eine scherzhafte Färbung zu geben. »Aber wenn sie dir geschrieben hat – nun, warum sollst du die alte Verbindung nicht wieder aufnehmen? Ich glaube, sie liebt dich noch immer. Wenigstens machte sie mir neulich Andeutungen –.« Mit ängstlicher Spannung beobachtete die junge Frau das Mienenspiel ihres Vetters.

»Mein Gott,« antwortete Reinhold nachlässig, »wie besorgt ihr Frauen doch um unsere Herzensangelegenheiten seid! Weißt du übrigens, daß es gar keine Schmeichelei ist, wenn du mir so etwas sagst? Aber andererseits beruhigt mich deine mütterliche Sorgfalt doch in einer Beziehung, und ist mir sogar angenehm –«

»Wie das?«

»Ach – das sag' ich nicht. Entweder du ärgerst dich darüber, oder ich mache mich vor dir lächerlich.«

»O – ich verstehe.«

Eine Ernüchterung sondergleichen überkam sie, mit Scham und Verdruß gemischt. Er ahnte also, was in ihrem Herzen wogte und kämpfte, wußte, daß es nicht nur verwandtschaftliche Zuneigung und einfache Sympathie gewesen war, die sie veranlaßt hatte, mit ihm in Verkehr zu treten und diesen letzten Schritt zu wagen; und trotzdem ging er spielend über ihre Empfindungen fort. Er fühlte nichts mehr für sie, nichts mehr. Sie galt ihm im günstigsten Falle als die gute, opferfreudige Kameradin. Ihr kaum verhülltes Anerbieten, ihm in naher Zukunft etwas Höheres, Süßeres sein zu wollen, lehnte er kühl und bestimmt ab ...

Seltsam – wie ihr das mit Gedankenschnelle klar wurde, wie er ihre weibliche Eitelkeit so tief verletzte, sank noch ein anderer Schleier von den Augen ihres Geistes. Um seine jüngsten Taten lag für sie bis zu dieser Stunde ein romantischer Zauber von dämonischem Reiz gebreitet. Ein Tragödienheld hatte er ihr geschienen. Blutrache hatte er nehmen wollen, der Unversöhnliche, für alles, was man an ihm gesündigt; ihren Vater und ihren Gatten hatte er zu seinen Füßen niederzwingen und dann sie selbst, seine Jugendgeliebte, aus drückenden Fesseln erlösen wollen. Das Volk hatte er gegen das Haus Lasser aufgewiegelt, verschollene Geheimnisse wider die Verhaßten heraufbeschworen; aber ein Wort aus ihrem Munde genügte auch, seine gigantische Wut zu bändigen. So schwebte er ihr vor. Und nun? Nun sah sie, daß ihr Wort, ihr Leid und ihr Interesse ihm so wenig galten, daß er sie einfach in den Kreis seiner Gegner mit einschloß, ihre Schritte falsch deutete und von ihren Mitteilungen einen Gebrauch machte, der sie empörte.

Sie war zu weit gegangen, allzuunvorsichtig gewesen, allzuoffenherzig und vertrauensselig. Nun, noch hatte sie Zeit, eine andere Taktik einzuschlagen. Und jene Feindseligkeit, die nur getäuschte und verschmähte Liebe erzeugt, stieg in ihr auf, jener bittere Trotz voll Hohn und Schärfe, der jedes Wortes Wirkung berechnet, wie der Wilde die Flugbahn seines Giftpfeiles; der darauf ausgeht, tödlich den zu verwunden, den man nicht lieben darf und deshalb haßt.

»Was gedenkst du nun zu beginnen, Reinhold?«

»O, ich finde wohl noch ein Unterkommen. Wenn nicht hier – denn seit dem Streik haben sie mich auf der Liste – so doch anderswo, in England vielleicht. Für das, was ich noch vom Leben verlange, erwerb' ich die Mittel ohne große Mühe.«

»Du bist noch sehr jung, Reinhold. So darf ein Greis sprechen oder ein nichtswürdiger Verlorener. Du sollst noch schaffen, du bist verpflichtet dazu. Dir gegenüber, der Welt gegenüber. Du hast manches gutzumachen.«

Er horchte auf. »Von wannen kommt dir diese Wissenschaft?«

»Muß ich sie dir erst bringen?«

»Du sprachst vorhin etwas anders.«

»Ja – weil ich sehen wollte, ob sie wirklich recht haben, die – die verächtlich von dir sprechen. Ob du wirklich der Haltlose bist, dessen ganze Kraft in seiner Selbstvergötterung liegt; der Genießling, der nur ein Gebot kennt und nur eine Freude –«

»Laß gut sein,« unterbrach er sie, noch bleicher als vorhin. »Ich glaubte wirklich – aber du hast ganz recht, und warum solltest du anders als die andern urteilen? Ihr habt alle recht. Ich bin ein Verworfener, ja – ich muß es sein, denn niemand vertraut mir mehr, niemand baut noch auf meine Zukunft. Ich würde mich zum Gespött meiner verehrlichen Freunde von damals machen, tät ich's allein. Ein Sonderling bin ich nie gewesen. Und ich habe den Plan schon oft gehabt, wegzureisen, sehr weit weg – wo mich niemand kennt – denn hier bin ich ja doch geächtet. Du hast mir den letzten, den überzeugenden Beweis dafür erbracht.«

Er stieß die Sätze abgerissen, mit fast tonloser Stimme hervor und vermied es, Marianne anzusehen. Dann trat er an das schmale Fensterchen, blickte lange sinnend in den Hof hinunter, ohne auf seine Cousine Rücksicht zu nehmen, und lachte unvermittelt hell auf.

Sie raffte sich zusammen. Sie wollte ihre Pflicht tun, obwohl ihr sein widerspruchsvolles Wesen immer unverständlicher wurde. »Vater ist sehr – sehr geneigt, dir zu verzeihen, Reinhold?«

»So? Ist er? Nun, das freut mich, ich bin auch sehr dazu geneigt, ihm zu verzeihen,« Und wieder klang sein Lachen verletzend höhnisch. »Ein bißchen in seinem Auftrag kommst du also doch?«

»Ich schwöre dir, Reinhold – – niemand ahnt, daß du diesen Namen angenommen hast. Aber ich sprach öfter mit Papa von dir –«

Er stieß einen leisen Pfiff aus. »Sieh mal! Das nenn' ich nun reizend von dir, Cousinchen? Und du denkst immer noch an mich, gerade du? Ja, das ist eigentlich seltsam – es fällt mir erst jetzt auf. Soviel Menschenliebe – 's ist ja rein unmöglich. Dir habe ich doch damals – na, ich will nicht arrogant sein. Es stände mir jetzt erbärmlich schlecht zu Gesichte.«

»Ja, du hast mir damals wehe getan. Sprich es getrost aus,« sagte sie ruhig. »Sehr wehe sogar.«

»Hm, und trotzdem ... Du bist ein Engel, kleine Marianne. Wirklich und wahrhaftig, ein Engel.« Das hatte sie aus seinem Munde hören wollen, und jetzt, wo er es sagte, beleidigte es sie.

»Du willst also nicht zu Papa kommen, Reinhold?«

»Ich wüßte nicht, was eine Unterhaltung zwischen mir und ihm bezwecken sollte. Ins Joch schlüpf' ich doch nicht mehr, dafür bin ich verdorben. Verdorben – es ist wahr, das scheint der richtige Ausdruck. Du verstehst dich gut darauf, solche Ausdrücke zu münzen.«

»Ich habe das Wort nicht gebraucht.«

»Ja, Verzeihung – du sagtest sogar rsaquo;verworfenrlsaquo;. Verworfen ist noch viel bezeichnender. – Denke mal, wenn ich nun in euer Haus dränge, ich, der Haltlose, der Genießling, der Selbstvergötterer, all in meiner Schändlichkeit! Pu! Nein, das mag ich euch nimmermehr antun.«

Sie erschrak. Nun reute es die Wandelbare fast, was sie getan. Sie gedachte der Wünsche und Pläne, die ihr auf dem Wege hierher durch den Kopf gegangen waren ... Sie hatte ihre Mission schlecht erfüllt. Aber dafür auch die Süße der Rache gekostet bis zur Neige. – –

»Du wirst dir sehr überlegen, Reinhold, was dich mehr fordert und von größerem Nutzen für dich ist; ernste Einkehr in Frieden mit der Welt, oder ein wildes Wanderleben wie bisher. Ich weiß, es schlummern hohe Gaben in dir – sie werden nicht sämtlich, nicht ganz erloschen sein – warum willst du sie nicht segenbringend anwenden? Zeig uns doch, daß du ein Mann bist, ein rechter Mann, daß du noch Kraft hast zu wollen!« Sie beglückwünschte sich selbst dazu, wie verständig und überlegen sie zu ihm sprach.

Aber er lächelte nur auf sie herab. »Wo hast du dein Schulmeister-
inexamen bestanden? An mir wird deine Pädagogik keine Freude
erleben. Ich kann mir ja denken, was dich ärgert und enttäuscht. Du
kamst mit hochgespannten Erwartungen hierher. Du dachtest einen
gestürzten Titanen zu finden, so 'ne Art verarmten Faust, einen
Grübler und finsteren Asketen, den sein Unglück geläutert hat ...
Ach nein, Marianne. Wenn man fünf Jahre lang sein bißchen Brot
mit allen möglichen, nicht immer gerade ästhetisch schönen Arbeiten verdient und ein Menschenkind ist wie ich, dann macht man
sich nicht vor sich selber mit melodramatischen Posen lächerlich.«
Er wurde ihr immer unbegreiflicher. Sie wußte nicht, ob er seinen
Spott mit ihr trieb oder nun im Ernste sprach und seine vorherigen
Äußerungen zurücknehmen wollte. »Wir haben uns ja in der
Leipziger Straße gesehen,« fuhr er fort. »Sieh mal, das war noch 'ne
aristokratische Beschäftigung, sozusagen. Ich habe andere gehabt ...
Also der Stolz legt sich. Ein anderer Stolz, kleine Marianne, legt sich
aber nicht.« Er sah sie eine Weile lang ernst an. »Weißt du wel-
cher?«

»Welcher denn?«

»Der, daß man auf sich selbst steht. Keinen braucht. Kein fremdes
Geld, keinen fremden Rat, kein fremdes Mitleid. Überhaupt, Mitleid
ist beleidigend. Ich kenne euch nicht mehr, seid so gut und kennt
mich auch nicht mehr. Dies ist die einzige Bitte, die ich an dich habe.« So entschieden klangen seine Worte, so todesernst war der
Ausdruck seines Gesichtes, daß sie erblaßte. Das Spiel, das sie mit
ihm trieb, nahm ein unvorhergesehenes Ende, und er gewann die
Partie. Was würde sie dem Vater sagen können, den es doch nach
einer Aussöhnung mit Reinhold verlangte? Und wie würde sie in
Zukunft über sich selbst und ihr launisches Treiben in dieser entscheidenden Stunde urteilen müssen? Sie sah ihn verwirrt, fast bit-
tend an. »Reinhold!« Und einem jähen Impulse nachgebend, in
tiefer Trauer, vielleicht um die nun zertrümmerten, goldenen
Träume vom kommenden Glück, vielleicht auch um sein bejam-
mernswertes Schicksal, begann sie heftig zu weinen. Und nun es
doch zu spät war, nun plötzlich gewann sie den Mut, ihm schluch-
zend zu gestehen: »Ich habe dich so lieb gehabt, Reinhold –«

»Aber es ist vorbei, nicht wahr?«

Und nun – sie hat nie begriffen, was sie in dieser Minute zwang, zu lügen – nun kam ihr das Ja nicht über die Lippen, und sie hauchte, über und über erglühend: »Ich – ich weiß nicht –.«

Da lächelte der Mann an ihrer Seite, ein Lächeln, das ihn seltsam verschönte. Die plötzliche Gewißheit, daß ihm dies Herz immer noch gehörte, aller Stürme und Wandlungen ungeachtet, machte ihn stolz und groß, riß ihn kraftvoll aus all dem Elend des Augenblicks und gebar in ihm den Wunsch, sich solcher Liebe würdig zu zeigen. Ein Schleier zerriß, der vor seinen Augen gelegen hatte, und er sah in sein vergangenes Leben wie in sein kommendes.

»Ich reise heute ab. Grüß daheim alle von mir. Und bleib mir gut. Wenn du aber ein übriges tun willst, liebe Marianne –«

Er sah ihr wieder ins Gesicht, mit seinen schönen, blauen Augen –

»Dann komm und laß dich zum Abschied küssen, Cousinchen. Ich habe dich doch auch einmal so gern gehabt, und wenn ... ach, Unsinn. Es ist aber darum gut, wenigstens für mich, daß ich davongehe. Darf ich dich zum Abschied küssen. Mirjam?«

Sie schlang in plötzlicher Aufwallung die Arme um seinen Hals. »Du – du –«

Er preßte sie an sich, und während sie die Augen schloß, ruhten seine Lippen auf den ihrigen. Dann ließ er sie frei. »So – nun geh ... geh ... Ich weiß nun ... Und siehst du, jetzt bin ich doch dein Schuldner geworden, Kleine, und wollte doch erst nichts geschenkt nehmen ... Du nimm von mir tausend Dank. Geh jetzt. Ich muß allein sein.«

»Reinhold – ehe du reist – versprich mir, daß ich dich vorher noch einmal wiedersehe –«

»Ehe ich reise ... nun, wiedersehen sollst du mich jedenfalls. Ich bitte sogar darum. Schon wieder eine Bitte.«

»Und wann?«

»Vielleicht schon morgen. Mein Wort darauf.«

»Du schreibst?«

»Na ja – du sollst es rechtzeitig erfahren. Und nun geh.«

Und sie ging.

Der junge Mann sah eine Weite lang regungslos vor sich hin. Dann kramte er unter den Papieren herum, die den Tisch hoch bedeckten, und zog einen Revolver hervor. Er lauschte, bis Mariannens Schritte verklungen waren, er lauschte und fühlte, wie es ihm heiß in die Augen stieg. Aber die Tränen übermannten ihn nicht. »Auf Wiedersehen!« sagte er mit lauter Stimme und versuchte dabei zu lächeln. Dann hob er die im Sonnenschein blinkende Waffe empor.

 tredition®

Über tredition

Eigenes Buch veröffentlichen

tredition wurde 2006 in Hamburg gegründet und hat seither mehrere tausend Buchtitel veröffentlicht. Autoren veröffentlichen in wenigen leichten Schritten gedruckte Bücher, e-Books und audio-
Books. tredition hat das Ziel, die beste und fairste Veröffentli-
chungsmöglichkeit für Autoren zu bieten.

tredition wurde mit der Erkenntnis gegründet, dass nur etwa jedes
200. bei Verlagen eingereichte Manuskript veröffentlicht wird. Dabei hat jedes Buch seinen Markt, also seine Leser. tredition sorgt
dafür, dass für jedes Buch die Leserschaft auch erreicht wird.

Im einzigartigen Literatur-Netzwerk von tredition bieten zahlreiche
Literatur-Partner (das sind Lektoren, Übersetzer, Hörbuchsprecher
und Illustratoren) ihre Dienstleistung an, um Manuskripte zu ver-
bessern oder die Vielfalt zu erhöhen. Autoren vereinbaren direkt
mit den Literatur-Partnern die Konditionen ihrer Zusammenarbeit
und partizipieren gemeinsam am Erfolg des Buches.

Das gesamte Verlagsprogramm von tredition ist bei allen stationä-
ren Buchhandlungen und Online-Buchhändlern wie z. B. Amazon
erhältlich. e-Books stehen bei den führenden Online-Portalen (z. B.
iBookstore von Apple oder Kindle von Amazon) zum Verkauf.

Einfach leicht ein Buch veröffentlichen: **www.tredition.de**

Eigene Buchreihe oder eigenen Verlag gründen

Seit 2009 bietet tredition sein Verlagskonzept auch als sogenanntes "White-Label" an. Das bedeutet, dass andere Unternehmen, Institutionen und Personen risikofrei und unkompliziert selbst zum Herausgeber von Büchern und Buchreihen unter eigener Marke werden können. tredition übernimmt dabei das komplette Herstellungs- und Distributionsrisiko.

Zahlreiche Zeitschriften-, Zeitungs- und Buchverlage, Universitäten, Forschungseinrichtungen u.v.m. nutzen diese Dienstleistung von tredition, um unter eigener Marke ohne Risiko Bücher zu verlegen.

Alle Informationen im Internet: **www.tredition.de/fuer-verlage**

tredition wurde mit mehreren Innovationspreisen ausgezeichnet, u. a. mit dem Webfuture Award und dem Innovationspreis der Buch Digitale.

tredition ist Mitglied im Börsenverein des Deutschen Buchhandels.

Dieses Werk elektronisch lesen

Dieses Werk ist Teil der Gutenberg-DE Edition DVD. Diese enthält das komplette Archiv des Projekt Gutenberg-DE. Die DVD ist im Internet erhältlich auf **http://gutenbergshop.abc.de**

Zeitfracht Medien GmbH
Ferdinand-Jühlke-Straße 7
99095 Erfurt, Deutschland
produktsicherheit@kolibri360.de